Le secret révélé

ABBY GREEN

Le secret révélé

Traduction française de
CHRISTINE MAZAUD

AZUR

HARLEQUIN

Collection : Azur

Titre original :
CONFESSIONS OF A PREGNANT CINDERELLA

HARPERCOLLINS FRANCE
83-85, boulevard Vincent-Auriol, 75646 PARIS CEDEX 13
Service Lectrices — Tél. : 01 45 82 47 47

www.harlequin.fr

ISBN 978-2-2804-4061-5 — ISSN 0993-4448

1.

Un sourire satisfait aux lèvres, Lazaro Sanchez balaya des yeux la salle de réception d'un des hôtels les plus huppés de Madrid, qui lui appartenait. Cet instant était… magique. Tous ses efforts, toute sa vie n'avaient eu qu'un but, se retrouver là, devant ses pairs… qui n'avaient pas toujours été ses pairs.

Ces gens-là n'auraient pas pu voir en lui l'adolescent rebelle qui avait vécu dans la rue. Il avait fait de tout pour survivre. Lavé les pare-brise aux feux rouges pour quelques euros, montré aux touristes comment resquiller pour entrer dans les musées et les galeries, fouillé dans les poubelles pour trouver à manger quand il n'avait pas un sou en poche pour s'acheter un quignon de pain.

Le sentiment d'une terrible injustice le mettait encore en rage quand il se rappelait cette époque-là. Il avait fugué de sa dernière famille d'accueil quand le père avait tenté de le brutaliser.

Ce jour-là, il avait sauté du premier étage. À treize ans, livré à lui-même, il avait dû se débrouiller seul.

La cruauté, dans cette affaire, c'est qu'il n'était pas orphelin, qu'il n'était pas battu par ses parents au point qu'on leur enlève sa garde, comme cela arrive à la plupart des enfants confiés aux services sociaux. Dans son cas, ce n'était rien de tout cela. Il avait simplement été remis à l'Assistance publique par ses parents…

Ce soir – comble de l'ironie – son père se trouvait dans

ce salon. Oserait-il le regarder dans les yeux ? Sûrement pas. Reconnaîtrait-il qu'il était son père ? Jamais. Même pas sous la torture !

Quant à sa mère, il comptait sur les doigts d'une main les fois où il l'avait vue. Et encore, de loin…

La raison de tout cela, c'est qu'il était le fruit illégitime d'une liaison entre deux membres de deux vieilles familles espagnoles parmi les plus respectées, les plus vénérées, les plus honorables du pays. Deux familles proches de la famille royale…

Son tort avait été de naître dans ce milieu.

C'est tout à fait par hasard que Lazaro avait découvert ses origines. Un jour, une assistante sociale quelque peu négligente avait laissé traîner un dossier qu'il s'était empressé d'ouvrir. Il y avait vu son acte de naissance et avait retenu les noms de ses parents. Quand, ensuite, il avait cherché à en savoir plus, il n'avait rien trouvé. Et pour cause ! C'étaient des noms d'emprunt.

Quelque temps plus tard, alors qu'on le changeait de famille d'accueil, il avait entendu deux assistantes sociales bavarder entre elles. Il se rappelait le coup d'œil que l'une d'elles avait jeté à l'arrière de la voiture pour s'assurer qu'il dormait, avant de chuchoter à l'autre ce qu'on racontait sur l'identité de ses parents – incapable de garder plus longtemps pour elle ce qu'elle avait appris.

Il avait fermé les yeux très fort et n'avait plus bougé. Même à son âge, il savait plus ou moins qui étaient les Torres et les Salvador. Ils comptaient parmi les familles les plus influentes et les plus fortunées d'Espagne, des lignées remontant au Moyen Âge.

Dès qu'il en avait eu les moyens, il s'était renseigné. Si, au départ, ce n'était qu'une rumeur, il avait tout de suite su que ce qu'il avait entendu dire était vrai. Il lui avait suffi de voir une photo de son père à son âge. C'était copie conforme. Il avait aussi hérité les yeux d'un vert très particulier de sa mère.

À partir de ce jour-là, curieux de les voir vivre, il était allé rôder du côté de leurs hôtels particuliers, dans les quartiers de Madrid les plus chics, et les avait espionnés. Il les avait regardés aller et venir. Avait vu ses demi-frères et sœurs. Le plus âgé, Gabriel Torres, ressemblait beaucoup à son père. Pour une raison étrange, Lazaro avait fait une fixation sur lui… Peut-être parce qu'ils avaient sensiblement le même âge.

Un jour, il les avait tous vus, dans un restaurant du centre-ville. Ils fêtaient l'anniversaire de son demi-frère Gabriel. Lazaro avait attendu dehors et, quand ils étaient sortis – les femmes avec leurs diamants, dans des robes haute couture, les hommes en costume de cachemire – Lazaro s'était rué sur eux et planté devant son père et le fameux Gabriel.

— Je suis votre fils ! avait-il lancé, tremblant d'adrénaline, à l'homme qui le dominait de sa haute taille.

Ahuri, son demi-frère l'avait regardé comme un ovni tombé d'une autre planète.

Très vite, des hommes avaient surgi et il s'était retrouvé nez contre terre, dans l'impasse qui longeait le restaurant. Puis son père l'avait empoigné par les cheveux et lui avait craché à la figure.

— Tu n'es pas mon fils et ne t'avise pas de venir rôder autour de moi ou de ma famille, tu le paierais cher !

C'est ce jour-là que l'ambition de Lazaro était née. Un jour, il serait d'égal à égal avec eux. Un jour, ils seraient bien obligés de le regarder en face. Un jour, ils seraient forcés de reconnaître qu'il avait réussi et survécu malgré leurs tentatives pour l'exclure de l'histoire familiale.

Aujourd'hui il était là, dans le même salon que son père et que son demi-frère Gabriel… avec lequel il était engagé dans une bataille sans merci pour l'acquisition du chantier de rénovation des vieux bâtiments du plus ancien marché couvert de Madrid.

— Lazaro ?

Il se tourna pour voir pourquoi son père, son demi-frère et d'autres membres de ses deux familles biologiques se trouvaient tous là.

Et parmi eux, Leonora Flores de la Vega…

Avec son visage de madone, sa longue chevelure noire, ses yeux gris et son corps de sirène avec juste ce qu'il fallait de courbes généreuses, elle était manifestement l'une des plus belles femmes d'Espagne.

Et l'une des plus convoitées.

Sa famille n'avait peut-être pas d'argent – l'une des raisons de ce mariage – mais son nom était aussi ancien et vénéré que celui des familles Torres ou Salvador. Et cela n'avait pas de prix.

D'où le désir de Lazaro de l'épouser. Il franchirait ainsi un pas de plus vers le premier cercle qui l'avait toujours méprisé et rigoureusement tenu à l'écart, en dépit des milliards qu'il avait gagnés. Il leur ferait à tous regretter leur mépris. Contraints et forcés, ils devraient bien l'accepter.

— Tu vas bien ? lui demanda-t-elle. Tu as l'air furieux.

Il se força à sourire et lui prit la main, refermant ses doigts sur son petit poing.

Rien. Pas l'ombre d'une réaction… Il resta de marbre.

Il est vrai qu'il ne l'épousait pas pour le sexe, mais pour une raison bien plus concrète. Pour assurer son statut social. Pour être reconnu par ceux qui l'ignoraient et pour forcer leur respect. Enfin !

— Non. Tout va bien. Je suis juste un peu préoccupé.

Il la vit jeter un coup d'œil de l'autre côté de la pièce – à quelque chose ou quelqu'un – et rougir en se mordillant les lèvres.

— Tu vas bien ? lui demanda-t-il.

Elle, toujours si posée, si contrôlée, lui parut soudain étrangement agitée. Distraite, plutôt.

Elle le regarda et sourit.

— Oui, tout va bien.

Il serra sa main plus fort.

— Je suis content que tu aies accepté de m'épouser, Leonora. Je pense que nous formerons un bon couple. Je crois que nous pourrons être… heureux.

Un nuage passa sur son visage de madone et son sourire s'évanouit, mais elle se ressaisit vite.

— Je l'espère, moi aussi.

Comme s'il en prenait soudainement conscience, Lazaro se dit qu'il la connaissait à peine. Il l'avait recherchée pour ce qu'elle représentait, ils étaient un peu sortis ensemble – en tout bien tout honneur. Il l'aimait bien. Et cela n'était un secret pour personne que la famille Flores de la Vega traversait une mauvaise passe financière. Ce mariage ferait taire les critiques sur sa vie de play-boy quelque peu sulfureuse et, *surtout*, le rapprocherait de son but.

Quand il lui avait parlé mariage et promis de rembourser les dettes de sa famille, elle avait tout de suite dit oui.

Il lâcha les doigts de Leonora, passa le bras autour de sa taille et garda la main sur sa hanche avec l'air satisfait du propriétaire fier de sa conquête. Et pourtant, rien. Toujours rien. Elle ne lui inspirait pas l'ombre d'une émotion.

Il essaya de se convaincre alors que l'attirance sexuelle n'était pas tout. L'excitation était une réaction quasiment animale. Personne dans ce milieu ne se mariait pour ça. Il était la preuve vivante qu'ils convolaient pour d'autres motifs, pratiques ceux-là. Et qu'ils gardaient leurs désirs secrets bien enfouis… Lui n'était pas comme ça.

Une image s'imposa brusquement à son esprit. Un souvenir, plutôt. Un souvenir qui le hantait de plus en plus souvent jusqu'à en devenir obsédant, comme si, plus ses fiançailles avec Leonora approchaient, plus sa conscience le travaillait.

Ce qui était ridicule. Il n'avait aucune raison de se sentir coupable. Sauf qu'il n'arrêtait pas de penser à *elle*.

Elle, c'était une femme qu'il avait connue trois mois plus tôt, dans une autre ville. Avant de parler fiançailles avec Leonora. Une femme petite. Rousse, coiffée à la diable, avec un visage piqueté de taches de rousseur et un corps voluptueux…

— Lazaro…

Il sursauta et regarda Leonora, choqué par la puissance de ce souvenir et l'effet qu'il lui faisait encore. Un effet d'autant plus étonnant que la femme en chair et en os qui se tenait à son côté était sublime. Elle ne lui inspirait cependant aucune réaction.

Elle souriait mais il vit qu'elle se forçait.

— Tu me fais mal.

Aussitôt Lazaro se rendit compte qu'il enfonçait ses ongles dans la chair de ses hanches. Il se détendit.

— Pardon. Excuse-moi.

Honteux, furieux contre lui-même, il soupira intérieurement. Cette femme rousse était une inconnue. Sa conscience lui jouait un mauvais tour. D'accord, il avait eu envie d'elle comme il n'avait pas eu envie d'une femme depuis longtemps, mais c'était tout. C'était dans une autre ville. Où les gens ne le remarquaient pas et ne chuchotaient pas dans son dos.

Ce n'est pas Lazaro Sanchez ? Il paraît qu'il vivait dans la rue et fouillait dans les poubelles pour trouver à manger. Il faisait partie d'une bande de voyous, non ?

Cette femme, l'inconnue, n'avait pas la moindre idée de qui il était. C'était rafraîchissant. Leur attirance, intense et immédiate, n'en avait été que plus convaincante. Et explosive.

Elle était vierge. Une vierge ! Le mot résonnait encore

dans ses oreilles avec la même force. Quel choc ! Il ne s'y attendait pas. À cause de cela peut-être, il avait connu l'expérience la plus érotique de sa vie.

— Un peu de champagne ? proposa Leonora en lui tendant une flûte.

Il hocha la tête autant pour la remercier que pour chasser les souvenirs qui l'assaillaient.

— Tes conseillers te font signe, je crois qu'il est temps de faire l'annonce officielle, lui dit-elle. Tu es prêt ?

Lazaro s'arrangea pour éliminer toute pensée, toute image, tout souvenir de la femme qui encombrait son esprit et regarda sa future épouse dans les yeux. L'épouse qui allait lui ouvrir les portes du monde qui lui demeurait inaccessible depuis le jour de sa naissance.

— Oui, dit-il, en faisant tinter sa flûte contre la sienne. Annonçons-leur nos fiançailles !

Skye O'Hara se sentait nauséeuse, et les nerfs à fleur de peau. Elle transpirait bien qu'elle ait froid et cela ne faisait qu'empirer depuis qu'elle était entrée dans la salle de bal, somptueuse avec ses lambris dorés à l'or fin et ses imposants lustres à pampilles de cristal.

Jamais de sa vie elle n'avait vu autant de belles personnes réunies dans un même espace. Ni autant de beaux atours. Des fourreaux en lamé or ou argent. Des smokings. Des mètres et des mètres de peaux lisses et bronzées, à côté desquelles elle paraissait encore plus pâle et plus terne. Il y avait des lumières partout, aveuglantes. Et ça sentait bon. Le genre de parfum qui ne se met pas en bouteille. L'odeur de l'argent…

Elle avait revêtu une chemise blanche et une jupe noire pour qu'on la confonde avec le personnel. Avait coiffé ses cheveux en un chignon qu'elle avait épinglé sur le sommet de la tête. Pour rien au monde elle ne voulait être prise pour quelqu'un de leur monde. D'ailleurs, ça ne risquait pas. Pour commencer, il lui manquait vingt bons centimètres et elle était la seule rousse en vue. Elle avait des taches de rousseur, une imperfection que les femmes de cette assemblée auraient fait effacer sur-le-champ.

Hissée sur la pointe des pieds, elle le chercha du regard et, machinalement, posa la main sur son ventre où se trouvait la cause de ses nausées.

C'est alors qu'elle l'aperçut. Au fond. Il dépassait tout le monde d'une tête. Il portait toujours ses cheveux blonds un peu longs et décoiffés. Une barbe d'un jour ombrait ses joues déjà creuses. Sa bouche… Mon Dieu, sa bouche…

De là où elle était, elle ne la voyait pas vraiment mais elle s'en souvenait. Quelles lèvres ! Sculptées et fermes. Brûlantes. Elle se rappelait l'effet qu'elles avaient sur sa peau nue…

Soudain, quelqu'un s'effaça devant lui et elle le vit. Complètement.

Elle sentit aussitôt son cœur s'emballer. Il était beau, et élancé, et grand, près d'un mètre quatre-vingt-dix. Les épaules larges, bronzé, magnifique… L'homme le plus séduisant qu'elle ait jamais vu. Le plus sexy, aussi… et le premier homme auquel elle s'était donnée au cours d'une nuit sensuelle, merveilleuse… Inoubliable.

Soudain, Skye remarqua une femme qui s'approchait d'elle, l'air agacé. Pas une invitée, un membre du personnel, en noir et blanc comme elle. Se croyant découverte, elle commençait à paniquer quand la femme lui mit un plateau de flûtes de champagne dans les mains.

— Sers les invités au lieu de rester plantée là ! lui ordonna-t-elle.

Soulagée, Skye soupira. Son déguisement était au point !

Après avoir pris une profonde inspiration, elle s'avança vers Lazaro Sanchez. Elle l'avait cherché sur Internet, le lendemain de la nuit qu'ils avaient passée ensemble, et avait failli avoir une crise cardiaque quand elle avait découvert qui il était. Un financier très riche et très influent, doté d'un patrimoine immobilier considérable. Il était né en Espagne, mais n'y avait pas vécu longtemps.

C'était aussi un play-boy invétéré. Sur la toile, il y avait des centaines de photos de lui en compagnie des plus belles femmes du monde. Elle s'en était voulu d'avoir été assez naïve pour tomber sous son charme. Ce qui s'était passé entre eux n'avait été qu'une aventure de plus pour lui et il avait certainement déjà oublié cette nuit. C'était d'autant plus humiliant que, s'il avait couché avec elle, c'était simplement parce qu'elle était différente de ses conquêtes habituelles. Par goût de la nouveauté. Pour rompre avec l'habitude et mettre un peu de sel dans le quotidien.

Et maintenant… Maintenant, il s'apprêtait à annoncer ses fiançailles avec une créature sublime, qu'il tenait par la taille. Elle souriait, lui beaucoup moins. Tous les deux grands et minces, ils formaient un couple parfait. Elle, assez sophistiquée, avait tiré ses beaux cheveux noirs, brillants, en arrière, et portait une robe bustier rouge, très ajustée, qui moulait son corps de rêve. Elle était très chic.

Prise d'un léger malaise, Skye posa le plateau sur une table toute proche, de peur de le lâcher. Avait-elle eu raison de venir se jeter dans la gueule du loup ?

Elle avait bien essayé de joindre Lazaro plus tôt, en vain. Autant vouloir rencontrer le Pape ! Chaque fois qu'elle croyait avoir avancé d'un pas, la porte se refermait.

De quel droit venait-elle semer le trouble en cet instant si précieux ? Celui où il annonçait ses fiançailles à tout le gotha de la ville. Tout simplement parce qu'elle était enceinte de lui et qu'il fallait qu'il le sache, songea-t-elle pour vaincre son appréhension.

À cet instant, quelqu'un fit tinter son verre et tout le

monde se tut. Toutes les têtes se tournèrent vers Lazaro et sa fiancée.

Skye faillit défaillir. Était-il déjà fiancé quand ils avaient couché ensemble, trois mois plus tôt ? Ou savait-il qu'il allait se fiancer ?

Le salaud !

Elle vit des agents de sécurité s'approcher du couple. Des hommes aux mines patibulaires. Elle savait ce qui allait se passer. Ils allaient faire l'annonce, on allait se presser autour d'eux et, très vite, ils fileraient vers un endroit tenu secret.

Elle n'aurait pas d'autres occasions d'attirer son attention. C'était sa seule chance. Il fallait la saisir. Si elle ne lui disait pas qu'elle attendait un enfant de lui, elle aurait toujours cet échec sur la conscience. Il fallait qu'il sache que leur nuit torride avait eu une conséquence.

Et puis, s'il était déjà fiancé quand il l'avait mise dans son lit, sa fiancée avait le droit de savoir quel genre d'homme elle allait épouser.

Ravi de voir tous les regards tournés vers lui, Lazaro s'éclaircit la voix. Son père faisait semblant d'ignorer que c'était son fils – illégitime – qui s'apprêtait à annoncer ses fiançailles. Quant à son demi-frère, Gabriel, plus renfrogné encore que d'habitude, il songeait visiblement à autre chose.

— Je vous remercie tous d'être là ce soir…

Lazaro regarda sa compagne et sourit, avant de poursuivre :

— Je sais que ce n'est pas une surprise pour la plupart d'entre vous car cela a déjà paru dans certains journaux…

Ricanements dans la salle.

— Laissez-moi tout de même vous dire l'immense joie que m'a faite Leonora Flores de la Vega en acceptant de devenir ma femme ! Les invitations à notre mariage vous seront adressées prochainement…

Il invitait les personnes présentes à lever leur verre pour porter un toast à sa future femme quand une voix s'éleva dans le fond du salon.

— Attendez ! Arrêtez !

Il fallut quelques secondes à Lazaro pour réaliser que plus personne ne les regardait mais que tous les yeux étaient braqués sur quelque chose, au fond. Ou plutôt, quelqu'un.

Deux hommes de la sécurité ceinturaient une femme. Une petite rousse, qu'il reconnut tout de suite. Non, il ne se trompait pas. Mais… Que faisait-elle ici ? Car elle était bien là, en chair et en os. Ce n'était ni une illusion ni un mauvais tour que lui jouait sa mémoire.

Quel choc !

Ses yeux bleus étaient écarquillés. Des mèches rousses et dorées échappées d'un chignon planté haut sur la tête encadraient l'ovale de son joli visage. Son menton déterminé. Son petit nez droit. Sa bouche, pour l'instant très pincée. Un chemisier blanche… Une jupe noire.

On devinait le blanc de son soutien-gorge sous le tissu immaculé. Soudain, il se rappela qu'il avait tenu ses seins dans ses mains, en avait caressé les pointes du bout du pouce… Elle adorait ça.

À ces souvenirs, une vague de feu le submergea comme une lame de fond. Lâchant le bras de Leonora, il s'avança vers la femme pour tenter d'arrêter ce qu'il pressentait…

Erreur ! Avant qu'il ait pu la rejoindre, la voix de la femme s'éleva de nouveau, très forte et très distincte. Le fait qu'elle parle en espagnol ne le surprit même pas.

— Il faut que tu saches quelque chose : je suis enceinte. De toi.

D'abord, il ne se passa rien. C'était comme si une chape de stupeur s'était abattue sur l'assemblée, la tétanisant totalement. Tout le monde se tut, même les vigiles, qui demeurèrent immobiles.

Elle regardait Lazaro, droit dans les yeux, sans ciller et, soudain, comme si tout le monde avait déserté le salon, comme s'il n'y avait plus qu'eux dans la pièce, elle lui confirma en anglais, d'une voix radoucie, ce qu'elle venait de lui annoncer.

Skye O'Hara. C'était son nom. Elle était serveuse dans le restaurant où il avait dîné après un rendez-vous d'affaires à Dublin. Il l'avait tout de suite remarquée, dès qu'il était entré. Quelque chose chez elle, sa façon de se mouvoir et sa gentillesse avec les clients avaient attiré son attention, ce qui n'était pas habituel chez lui car plus rien, depuis longtemps, ne le faisait réagir. Mais elle avait quelque chose de rafraîchissant. Elle était extravertie. Simple. Naturelle.

Elle était vêtue comme aujourd'hui. Des vêtements sans chichis, rien de luxueux ni d'aguichant. Pourtant, elle lui avait beaucoup plu avec sa bonne humeur et ses formes généreuses.

Elle s'était approchée de sa table. Elle avait tiré le crayon piqué dans son chignon, tourné les pages de son carnet de commandes et enfin, l'avait regardé. Et à ce moment-là… C'était comme s'il avait reçu un coup de massue sur la tête. Non ! C'était plutôt une vague de chaleur qui était remontée dans ses reins…

Elle non plus, à en juger par le fard qu'elle avait piqué et à ses yeux, écarquillés, n'était pas restée de glace…

Tous les sens en alerte, Lazaro reprit vite pied dans la réalité. Il y avait des journalistes dans la salle. Il s'était lui-même chargé de prévenir la presse car il voulait une couverture maximale de l'événement – son triomphe personnel. Maintenant, s'il ordonnait à ses gardes de jeter cette fille dehors, les reporters la poursuivraient pour avoir son témoignage. Il voyait déjà les titres dans les journaux et les articles à faire pleurer dans les chaumières.

En fait, elle avait compris qui il était et comptait bien en tirer profit. Il fallait qu'il gère la situation, désamorce le début de crise et sauve ce qui pouvait l'être de cette soirée.

Il posa sa flûte, descendit de l'estrade et s'avança vers elle.

— Que faites-vous là ? souffla-t-il en lui prenant le bras.

Elle blêmit, puis bredouilla :

— Je suis venue pour te dire que… Je n'ai pas réussi à te joindre autrement. Nous n'avions pas échangé nos numéros…

Il lui avait donné sa carte quand il lui avait demandé de venir boire un verre avec lui. Mais elle l'avait oubliée dans le vide-poches de la chambre d'hôtel, le lendemain matin. Son besoin d'afficher son indépendance, au réveil, sa volonté de s'en aller alors qu'il lui proposait de prendre son petit déjeuner avec lui n'avaient pas été feints.

Il la revit quitter la chambre, dans son jean moulant sur un sweat tellement grand que l'encolure révélait une épaule. Elle avait les cheveux défaits, même pas brossés. Elle avait l'air d'une artiste. Elle avait surtout l'air d'une femme qui venait de faire l'amour. Et il avait eu envie d'elle, encore.

Il sortait de la salle de bains, une serviette autour de la taille, quand il l'avait vue prête à partir.

— Où vas-tu ? lui avait-il demandé.

Elle avait levé les yeux de ses chaussures, qu'elle était en train d'enfiler. Il n'oublierait jamais son regard, si sensuel qu'il avait eu du mal à regarder ailleurs.

— Il faut que je m'en aille… Je sais comment tout

ça se termine. Je sais que ce n'était qu'une aventure sans lendemain.

D'un geste de la main, elle avait montré le lit aussi défait que ses cheveux et avait rougi comme une pivoine.

— En fait, je ne m'attendais pas à…

Elle était vierge, se rappela-t-il.

Il avait ressenti un début de panique à l'idée de ne plus jamais la revoir. Sans réfléchir, il lui avait demandé de rester.

— Je vais commander des petits déjeuners. Tu n'es pas pressée, si ?

Il avait vu qu'elle était tentée, peut-être même déchirée, puis elle avait hoché la tête.

— Non, j'ai des choses à faire. Il faut que je m'en aille.

Sur ces mots, elle avait tourné les talons mais elle s'était arrêtée sur le seuil de la porte pour se retourner.

— Au fait, merci ! Je ne m'attendais pas à rencontrer quelqu'un comme toi. Mais ça m'a plu.

Là-dessus, elle avait disparu et Lazaro s'était retrouvé tout bête, planté là, seul avec un désir tellement violent qu'il lui faisait mal. *Ça m'a plu.* Aucune femme ne lui avait jamais dit une chose pareille, surtout après une nuit aussi torride que celle-là.

Aujourd'hui, ce souvenir le faisait sourire. Tout cela n'avait été que comédie. Et cette réplique était la dernière du dernier acte. Bien joué ! Quel idiot il avait pu être !

Il la lâcha et lança à ses hommes :

— Emmenez-la au bureau et restez avec elle jusqu'à ce que je vous donne mes instructions.

Sans un mot de plus, il se tourna vers les invités et vers Leonora qui regardait droit devant elle, abasourdie, blanche comme un linge. Il se rapprocha d'elle sans trop savoir ce qu'il allait dire.

— Désolé pour cette… interruption, bafouilla-t-il. On s'occupe d'elle.

Il s'apprêtait à ajouter qu'il ne fallait pas croire un mot de ce qu'elle avait raconté quand, se rappelant l'instant délicieux où il était entré en elle, il se rappela aussi qu'il n'était pas protégé.

Soudain, il vit que Leonora reculait en le regardant comme s'il était un monstre.

— Leonora, s'il te plaît… Laisse-moi t'expliquer.

Elle s'arrêta. Le visage défait.

— Est-ce que ce que dit cette femme est vrai ?

Incapable d'affirmer que c'était un pur mensonge, Lazaro garda le silence.

Interprétant alors son silence comme un aveu, elle hocha la tête, puis, balayant des yeux la foule qui les entourait, elle dit, d'un ton d'une froideur impressionnante :

— Comment as-tu osé me faire ça ? Devant tous ces gens ?

Un silence de mort tomba sur l'assemblée comme elle pivotait sur ses talons et se dirigeait vers la sortie la plus proche.

Tout à coup, quelqu'un dans l'assistance se mit à applaudir, et Lazaro vit son demi-frère Gabriel fendre la foule des invités. Hilare, il tapait dans ses mains.

Blême de rage, Lazaro serra les poings.

— Quel show, Sanchez ! Je ne m'attendais pas à m'amuser autant en venant ici, ce soir. Je dois reconnaître que tu es très fort ! Mais, très franchement, j'ai d'autres choses à faire qu'être témoin de ce genre de scène !

Avant que Lazaro ait pu formuler la moindre réponse, Gabriel quitta le salon par la porte que Leonora venait d'emprunter. Ce salaud ne perdait rien pour attendre ! songea Lazaro. Mais, la vengeance étant un plat qui se mange froid, il ne broncha pas. Que pouvait-il faire, de toute façon, devant ce parterre ? Rien. En tout cas, pas ici, ni maintenant.

Il se tourna vers les invités, médusés. Ces invités qu'il avait conviés pour partager avec lui sa suprême victoire. Personne ne le regardait, personne n'osait. Si, une personne. Au fond de la pièce. Son père. Avec, sur le visage, un sourire méchant qui voulait dire *Tu as essayé de faire partie de notre clan, mais c'est raté…*

Cet instant qui aurait dû célébrer son triomphe se soldait par un échec cuisant. Pire, il se couvrait de ridicule à cause d'une femme. Parce qu'une nuit encore il s'était abandonné au plaisir. Parce qu'une nuit de plus il avait jeté ses principes par-dessus les moulins.

Il aurait dû se méfier. Il aurait dû savoir, après la vie qu'il avait menée, qu'il paierait les conséquences du moindre instant de faiblesse.

Tous les gens qui l'entouraient pouvaient se permettre quelques faiblesses. Pas lui. Jamais. Et il venait d'avoir la preuve que ses désirs étaient aussi primitifs que les leurs… Et qu'il n'avait, en fait, pas plus de contrôle sur eux que ces gens qu'il critiquait tant.

Skye se tenait dans une pièce isolée, assez petite. La brute qui l'avait poussée là lui avait apporté son sac à dos et son manteau qu'elle avait déposés au vestiaire en arrivant tout droit de l'aéroport.

Elle ressentait encore l'effet de l'adrénaline qui avait couru dans ses veines au moment où elle avait annoncé la nouvelle. Elle était heureuse d'avoir pu délivrer son message. Au départ, elle n'avait pas l'intention de provoquer d'incident mais, puisque Lazaro était injoignable, c'était le seul moyen qu'elle avait trouvé : prendre l'avion à Dublin et venir. Il avait plus de gardes du corps et d'assistants qu'un homme d'État. Et, à chaque pas, elle avait été contrôlée.

Elle avait commis l'erreur de jeter la carte qu'il lui avait donnée quand il lui avait demandé de venir prendre un verre avec lui. À dire vrai, elle n'avait pas vu l'intérêt de la conserver parce qu'elle ne voulait pas se torturer à la pensée qu'elle avait son numéro et ne pouvait décemment pas l'appeler.

C'est plus tard, en cherchant sur Internet comment le joindre, qu'elle avait appris qu'il allait annoncer ses fiançailles lors d'un cocktail à l'hôtel Esméralda, l'un des hôtels les plus selects de Madrid.

Tant qu'elle en avait encore le courage, elle avait réservé un vol aller-retour depuis Dublin. Elle avait apporté son uniforme de serveuse en espérant qu'ainsi déguisée on la confondrait avec le personnel, ce qui lui permettrait d'entrer. Cela avait presque trop bien fonctionné.

Elle avait toujours pensé qu'elle jugeait bien les gens mais, de toute évidence, trois mois plus tôt, son flair habituel l'avait trompée, se dit-elle en se remémorant la nuit qu'ils avaient passée ensemble…

Le lendemain matin, il lui avait demandé de rester petit-déjeuner avec elle. Il se tenait là, devant elle, presque nu. Enfin… Avec juste une serviette de toilette autour des reins. Il sortait de sa douche. Un fin duvet ombrait le haut de sa poitrine, qu'il avait très musclée, et descendait en V vers son nombril avant de disparaître sous la mini serviette-éponge. Mon Dieu ! Comme elle l'avait trouvé sexy !

Très agitée soudain, elle se passa la main dans les cheveux et se mit à arpenter la pièce. Heureusement, elle se sentait moins nauséeuse. Les malaises du matin ne duraient plus trop longtemps. Son médecin lui avait dit qu'ils disparaîtraient bientôt complètement. Si elle avait de la chance…

Enceinte. Elle cessa de bouger et posa la main sur son ventre. Elle avait tenté de joindre sa mère, sans succès. Elle était quelque part en Inde, dans un ashram, sans aucune connexion ou presque. Classique de sa part. Mais même sans l'avis de sa chère maman, Skye n'avait pas hésité une seconde : elle garderait cet enfant.

Même si elle avait toujours désiré une vie différente de celle qu'elle avait eue, enfant. Ballottée de pays en pays au gré des humeurs de sa mère et de ses nombreux amants, elle avait connu l'Asie, l'Europe… Sa mère l'avait eue à dix-huit ans et, le plus souvent, Skye avait eu le sentiment d'être l'adulte plus que sa bohémienne de mère, qu'elle adorait en dépit de tout.

En attendant, avec seulement quelques années de plus que sa mère à l'époque, elle allait se retrouver à son tour maman célibataire. Elle s'était toujours juré que quand elle aurait des enfants, ce serait dans le cadre strict d'une relation sérieuse afin d'assurer à sa famille une vie stable.

La porte qui s'ouvrait brusquement fit sursauter Skye. Mais non, ce n'était pas lui. C'était la grosse brute de la sécurité.

— Venez avec moi !

Elle aurait préféré ne pas le suivre mais comprit qu'elle n'avait pas le choix. L'homme l'escorta jusque dans l'ascenseur et monta avec elle au dernier étage. Les portes s'ouvrirent sur un couloir qu'ils longèrent jusqu'à une porte donnant sur une suite d'un luxe incroyable. Des canapés profonds, des lumières tamisées, des tableaux de maître aux murs, et une vue à couper le souffle sur Madrid…

Là, tout à coup, elle le vit. Il se tenait de dos, en chemise. Il se retourna, mais la lumière était si douce qu'elle ne distinguait pas son expression. Elle remarqua seulement qu'il avait son col ouvert et que son nœud papillon pendait de chaque côté de son cou, comme s'il l'avait arraché d'un geste violent.

Il renvoya le garde sans ménagement et Skye entendit la porte se refermer derrière elle.

Puis, d'une voix suave, bien pire que s'il avait hurlé, il lui dit :

— Bon sang ! Tu peux me dire à quoi tu joues, là ?

2.

Skye s'efforça de ne pas lui montrer qu'elle était intimidée. Elle s'avança avec une feinte assurance sur ses jambes flageolantes.

Lazaro Sanchez semblait immense. Il était impressionnant. Avait-il toujours eu des épaules aussi larges ? D'aussi grandes jambes ?

Il était également furieux, cela se voyait. Blême, aussi, et très différent de l'homme délicieux et très urbain qui l'avait séduite, ce fameux soir. Mais il avait de quoi être fâché car elle n'avait pas été pour rien dans ce qu'il s'était passé, elle devait bien le reconnaître.

Une fossette creusait sa joue toutes les trois secondes, un tic nerveux qui trahissait son agacement. Il avait beau être en colère, il l'attirait tout de même, et elle se rendit compte qu'elle avait le corps en feu.

Lors de leur rencontre dans le bar de ce fameux hôtel de Dublin, quand il l'avait invitée à venir le rejoindre, elle lui avait d'abord dit qu'elle n'acceptait pas ce genre de rendez-vous.

— Et je ne suis pas venue ici pour ça, avait-elle ajouté. Ni pour ça, ni pour autre chose.

Elle s'était trouvée bête et avait rougi comme une gamine adolescente.

Lui avait souri, un sourire qui en disait long sur ses intentions. Puis il lui avait montré une chaise.

— On peut quand même prendre un verre ensemble, non ?

Mon Dieu ! Comme tout cela lui semblait loin, aujourd'hui.

Elle plaqua la main sur son cou comme si elle avait du mal à respirer.

— Je suis désolée… pour tout à l'heure. Je m'y serais prise autrement si j'avais réussi à te joindre. J'ai appelé à ton bureau – dans tous tes bureaux, en fait – mais personne n'a accepté de prendre mon message. J'ai eu le tort de dire que c'était personnel.

Il croisa les bras.

— Pas très aimable de leur part.

— Quand j'ai appris que tu allais annoncer tes fiançailles, je me suis dit que c'était l'occasion de t'approcher et de te mettre au courant.

Il haussa les sourcils.

— La vérité c'est que tu t'es dit que c'était l'occasion de faire parler de toi ! Que tu allais faire la une des journaux à scandale.

Skye fronça les sourcils.

— Pourquoi des journaux à scandale ?

Il la regarda, bouche pincée.

— Ne fais pas l'innocente. Tu savais très bien que la presse serait là. Et après ton coup d'éclat…

Repensant à la réaction de sa fiancée, elle éprouva du remords.

— Je pensais… Je me suis dit que la seule façon d'attirer ton attention était de faire… ce que j'ai fait.

Il fit la moue.

— Bien. Je t'écoute. Tu m'as assuré, après la nuit que nous avons passée ensemble, que tu savais comment ce genre d'histoires se terminait. Tu mentais ?

— Non.

Elle faillit s'étouffer en disant cela. Elle se rappelait

trop bien son hésitation quand le lendemain matin elle avait été tentée par plus de caresses, plus d'étreintes. Mais le souvenir de sa mère, de sa vie légère et de ses innombrables amants lui était revenu en mémoire et elle avait eu peur de suivre le même chemin, sachant que les aventures d'une nuit ne menaient jamais nulle part.

— Je pensais vraiment ce que j'ai dit. Évidemment, je ne savais pas que… que quelque chose s'était passé.

Quelque chose qui s'appelait un bébé.

— Je t'avais demandé si tu te protégeais, reprit-il d'un ton accusateur, et tu m'as répondu de ne pas m'inquiéter. En fait, tu mentais !

Elle se mordit les lèvres. Elle ne se rappelait qu'une chose de cet instant-là, c'était son envie désespérée de le sentir en elle. Plus qu'une envie, un besoin, et la peur qu'il la rejette.

Elle haussa les épaules. En dépit de son désir insensé pour lui, elle n'avait pas complètement perdu la tête.

— Je croyais qu'il n'y aurait pas de problème. Que ce jour-là, je ne risquais rien.

— Comment veux-tu que je croie à cette grossesse ? ricana-t-il. Elle ne se voit même pas !

Incapable de savoir si elle était heureuse ou déçue que cela ne se remarque pas, elle posa la main sur son ventre.

— Peut-être, mais je suis quand même enceinte. J'ai passé l'échographie du troisième mois la semaine dernière et tout est normal. C'est pour cela que j'ai attendu jusqu'à maintenant pour…

Un silence s'installa. De toute évidence, il réfléchissait.

— Mais… Comment peux-tu être sûre que c'est moi le père ?

C'était le doute de trop. Agacée, elle décida de tout lui avouer.

— Je n'ai fait l'amour qu'une fois… Avec toi. Personne d'autre.

En fait, ils avaient fait l'amour deux fois, cette nuit-là, mais Lazaro n'avait pas envie de le lui rappeler. Il s'en souvenait très bien et, rien qu'à y penser, il se sentait troublé…

Il regarda sa main posée sur son ventre encore plat. C'était difficile d'imaginer qu'elle était enceinte.

Comme tout enfant abandonné à sa naissance par ses parents et confié à l'Assistance publique, il avait une vision amère du lien filial. Apprendre qu'elle avait passé cette échographie sans qu'il en soit informé le contrariait. Il avait l'impression qu'on lui avait volé quelque chose.

Il s'était toujours juré que si un jour il avait un enfant, il ferait le maximum pour lui et ne l'abandonnerait pas. Il lui offrirait une vie plus douce que celle qu'il avait eue. Mais, très franchement, il ne s'attendait pas à devoir y penser déjà. Même avec Leonora, il aurait attendu plusieurs années avant d'envisager de fonder une famille.

Skye posa son sac et son manteau à ses pieds et se redressa. Sa beauté naturelle, avec ses taches de rousseur sur le nez et les joues, le frappa. Elle avait l'air vraiment innocent, pure…

— Je te jure que je n'avais pas l'intention de t'annoncer ça comme ça, dit-elle. Mais je n'ai pas vu d'autres moyens. Je ne voulais surtout pas choquer ta fiancée.

Lazaro ne crut pas un mot de ses explications.

— Ce n'est plus ma fiancée. Nos fiançailles sont rompues, maintenant.

Skye pâlit encore un peu plus.

— Si elle t'aime, tu dois pouvoir arranger ça, lui dit-elle.

Lazaro ricana et leva la main pour l'arrêter.

— Je t'en prie ! Et puis cesse de parler d'amour. Nous ne voulions pas nous marier par amour. Ça n'existe pas, ce genre de choses !

Skye écarquilla les yeux.

— Ah bon ? Alors… Pour quoi ?

Pris à contre-pied, il haussa les épaules.

— Parce que c'était… logique. Elle m'aurait aidé à atteindre mes objectifs et je lui aurais retourné la faveur. Les mariages fondés sur des notions floues et changeantes comme l'amour ne durent jamais bien longtemps, tu sais.

— Mais… Vous étiez déjà ensemble quand nous nous sommes rencontrés ?

Il n'hésita pas.

— Non, nous nous sommes fiancés juste après.

Juste après. En disant ces mots, Lazaro se sentit mal à l'aise. Cette nuit torride passée avec Skye l'avait profondément marqué, obsédé même. Il n'avait eu de cesse de retrouver ces sensations intenses, magiques et, en même temps, éprouver ce désir l'avait torturé. Il n'avait pas envie de vivre une grande passion. Il demandait à être accepté et respecté par une femme qui l'aiderait à atteindre son but. Une femme issue du même milieu que son père et qui n'avait pas été rejetée, comme lui.

Leonora Flores de la Vega était déjà dans son viseur. Il avait eu l'occasion de la voir à quelques cocktails et autres mondanités, et elle l'avait intrigué par sa discrétion. Par sa façon de rester à l'écart. Cette attitude avait résonné tristement en lui, lui rappelant, s'il en était besoin, son exclusion, malgré sa réussite.

Ah, ah ! le nargua sa petite voix intérieure. *Tu étais tout près du but et… patatras !*

Après ce clash, on allait continuer de l'ignorer. Son souhait d'être accepté par les riches et les puissants ne serait pas exaucé.

Il devait bien admettre que c'était sa rencontre avec Skye qui l'avait incité à demander à Leonora de l'épouser. Comme si la nuit passée avec Skye lui avait fait peur. Comme si elle lui avait fait prendre conscience du désir qui le taraudait sans qu'il s'en soit rendu compte. Il avait voulu oublier que ce qu'il avait fait ne lui ressemblait pas du tout et mettre leur fantastique entente sexuelle sur le compte des pulsions. Aujourd'hui, compte tenu de l'effet qu'elle lui faisait encore, on ne pouvait pas parler de pulsion. C'était bien d'autre chose qu'il s'agissait… Il était inexorablement attiré par cette femme et éprouvait le besoin incessant de la toucher. Qu'est-ce qu'il lui arrivait ?

Skye planta ses yeux dans les siens.

— Je suis très différente d'elle. Vous formiez un beau couple. Je comprends que tu aies voulu l'épouser.

Elle avait raison. Il n'y avait pas plus différentes que Leonora et elle. Leonora était grande, mince et élégante, alors qu'elle était plutôt ronde et son style peu sophistiqué. En fait, Skye ne ressemblait à aucune des femmes qu'il avait connues jusqu'alors et c'était celle dont il se sentait le plus proche.

— Dans le fond, reprit-elle, je lui ai peut-être rendu service. Tout le monde mérite d'être aimé.

Lazaro sentit un pincement dans sa poitrine, une douleur inexplicable.

— Ne sois pas ridicule, avec ton sentimentalisme ! Tu as jeté un froid dans la réception en intervenant grossièrement. C'est une soirée privée et très courue que tu as interrompue.

— Pas si privée que ça ! contesta-t-elle. Il y avait une armée de journalistes.

Elle le vit grincer des dents.

— Ce n'est pas le sujet.

— Je sais. Le sujet, c'est que je suis enceinte. Je suis venue te le dire. Et, maintenant, je m'en vais.

Alors qu'elle approchait de la porte, elle s'arrêta.

— Il y a des portes partout, ici. Pour sortir, c'est laquelle ?

Il se précipita et la prit par le bras, un peu trop brutalement.

— Tu ne t'imagines quand même pas qu'après avoir dégoupillé une grenade et gâché mes fiançailles, tu vas t'en tirer comme ça ? Comme si rien ne s'était passé ? Assieds-toi. Tu ne vas nulle part !

Skye aurait dû se méfier. Ce n'était pas possible qu'il avale cette nouvelle sans réagir. Un homme comme Lazaro Sanchez – si important qu'il était impossible d'entrer en contact avec lui comme avec n'importe quel autre mortel – ne pouvait pas laisser passer ça. D'accord, apprendre qu'il allait être père avait dû lui faire un choc. Comme à elle. Mais elle avait eu trois mois pour digérer la nouvelle.

— Que veux-tu ? Du thé ? Du café ? lui demanda-t-il, comme s'il s'y sentait obligé.

— Peut-être un verre d'eau, répondit-elle, notant qu'il forçait son talent pour se montrer aimable.

En fait, elle mourait de faim. À cette heure-là, elle gardait ce qu'elle mangeait mais Lazaro n'était sans doute pas prêt à lui commander le club sandwich et les frites dont elle se régalait depuis quelque temps. Une envie de femme enceinte, sûrement…

Il alla vers son bar, lui remplit un verre d'eau et revint vers elle. Il s'était servi quelque chose qui ressemblait à du whisky.

— Tiens, dit-il.

L'air contrarié, il s'approcha de la fenêtre et, lui tournant le dos, lui lança ;

— Tu devais bien savoir qui j'étais, tout de même…

— Pardon ?

À sa voix, il comprit qu'elle avait peur.

— Tu savais qui j'étais et tu m'as piégé.

Révoltée, elle se leva si brusquement qu'elle renversa un peu d'eau sur le tapis.

— Pardon ? C'est toi qui es entré dans *mon* restaurant et qui t'es installé à *ma* table, c'est tout.

Elle le vit rougir et, se rappelant l'avoir déjà vu ainsi la nuit où ils avaient fait l'amour, elle rougit elle aussi. Comme il était sexy, cette nuit-là !

Finalement, elle se rassit.

— Tu ne m'avais même pas dit ton nom ! Je ne l'ai su que lorsque tu m'as donné ta carte et m'as demandé d'aller te retrouver à ton hôtel.

Elle fit la moue.

— Tu as eu le temps de te renseigner… C'est pour ça que tu as décidé de venir, n'est-ce pas ? Parce que tu t'es dit que je valais le coup !

— Je n'ai pas cherché à savoir qui tu étais, rétorqua Skye. Je me suis décidée parce que je te trouvais séduisant et que j'ai eu peur de regretter si je ne venais pas.

Elle s'arrêta et se mordilla les lèvres, honteuse de cet aveu.

— En fait, reprit-elle, pointant crânement le menton, c'est vrai que, le lendemain, j'ai fait quelques recherches sur Internet. À ce moment-là, je me suis rendu compte que tu étais… quelqu'un.

Elle avait lu que, parti de rien, il était devenu millionnaire, à vingt-cinq ans, après avoir créé un fonds de pension. Il s'était ensuite diversifié, avait investi une partie de sa fortune dans l'immobilier et était aujourd'hui milliardaire. Sa stratégie consistait à racheter des bâtiments décrépis dans des zones dont il pressentait le fort potentiel et à les réhabiliter.

— C'est bien ce que je dis. Quand tu as su, tu as décidé de profiter de la situation !

Elle se releva.

— Aussi incroyable que cela puisse te paraître,

mon projet de vie n'était pas de me retrouver enceinte à vingt-deux ans.

— Ah ? Et c'était quoi alors ? Devenir la responsable du restaurant ?

— Comment peux-tu dire une chose pareille ! Tu ne sais même pas qui je suis, ni ce que je veux.

Il fit un pas vers elle et lança d'un ton odieux :

— Au contraire. Je crois que, cette nuit-là, nous avons fait exactement ce que tu voulais.

Elle serra son verre dans sa main.

— Je te rappelle quand même que cette nuit-là nous étions deux !

Sur ce point-là, ils étaient d'accord.

— Pourquoi es-tu venue, alors ?

— Pour te dire que tu vas être père. Tu aurais préféré ne pas le savoir ?

Il la fixa un moment puis hocha la tête.

— Tu ne me feras pas croire que tu le fais par bonté d'âme.

Elle dut se faire violence pour ne pas exploser.

— Ça te serait égal d'avoir fait un enfant et de l'ignorer ? parvint-elle à demander.

À sa grande surprise, elle le vit pâlir. Puis il se ferma.

— Si tu es enceinte et si ce bébé est de moi, évidemment que je veux le savoir ! J'avoue que je n'étais pas préparé à ça mais, si j'ai un enfant, je ne le priverai pas de son père.

Il avait les yeux étrangement brillants, comme s'il était ému. Elle se rappela alors qu'elle n'avait rien vu concernant ses parents sur le Net. C'était étrange.

— Tu…

Elle sentit qu'elle tournait et tituba. Il se précipita pour la soutenir et lui prit son verre.

— Qu'est-ce qu'il t'arrive ? Tu es toute pâle.

Elle tremblait.

— Je crois qu'il faudrait que je mange quelque chose.

— Pourquoi ? Tu n'as rien avalé depuis quand ?

— Depuis le petit déjeuner…

Qu'elle avait rendu presque aussitôt.

Il jura et la fit asseoir, puis lui prit son verre d'eau.

— Que veux-tu manger ?

Elle détestait se montrer en état de faiblesse, comme en ce moment. Elle était venue lui annoncer la nouvelle, avec l'intention de partir ensuite, la tête haute, fière d'avoir fait son devoir.

— Peut-être un sandwich ? Et des frites.

Il partit téléphoner et revint quelques instants plus tard.

— Merci. Je suis désolée, s'excusa-t-elle. Je ne voulais pas abuser de ton temps.

Il la regarda et, les pouces dans les passants de sa ceinture – ce qui eut pour effet d'attirer le regard de Skye sur ses hanches –, il revint à la charge.

— Alors, comme cela, tu avais l'intention de venir, de lâcher ta bombe et de repartir ?

Devant son agressivité, Skye se sentit mal à l'aise.

— Je voulais que tu saches, c'est tout. Je n'attends rien de toi, tu sais. Peut-être qu'une fois l'orage passé, tu pourras renouer avec ta fiancée…

Elle vit son visage s'assombrir davantage encore.

— Pardon. Mon ex-fiancée…

D'un geste de la main, il chassa sa remarque comme s'il la jugeait inutile.

— Je te l'ai dit. Après cet esclandre, Leonora ne voudra plus rien avoir à faire avec moi.

Skye devait reconnaître que Leonora ne méritait sûrement pas d'être humiliée en public comme elle l'avait été…

Un coup de sonnette interrompit ses pensées. Lazaro alla ouvrir et revint avec un plateau.

— Viens, allons dans la cuisine, lui dit-il. Suis-moi.

Fasciné, Lazaro la regarda dévorer son sandwich et ses frites. Les femmes avec lesquelles il sortait d'habitude chipotaient. Elles mangeaient du bout des dents une feuille de laitue. Et encore…

Il prit le verre d'eau pétillante et le posa devant elle. Elle s'essuya la bouche et le remercia. Elle était un peu rouge, comme lorsque leurs regards s'étaient croisés, à Dublin, dans le petit restaurant près de son hôtel. Un peu plus tard, quand il lui avait demandé de venir le rejoindre pour un dernier verre après son travail, elle avait encore rougi. Et elle lui avait répondu :

— Oh ! Je ne sais pas… Je ne suis pas sûre que ce soit une bonne idée.

— Pourquoi pas ?

— Parce que… je ne sais pas. Je ne sais pas qui vous êtes.

Il lui avait tendu sa carte de visite qu'il avait prise dans la poche de sa veste.

— Ça ne prouve pas que je ne suis pas un tueur en série mais je vous assure que je n'en suis pas un, avait-il ironisé. Je vous propose tout simplement de venir prendre un verre avec moi au bar… Histoire de faire connaissance.

Elle l'avait regardé avec ses grands yeux bleus étonnés.

— Ah bon ? Pourquoi ?

Il s'était entendu répondre :

— Vous ne faites jamais rien de spontané ? Sans raison ? Juste pour le plaisir.

Il s'était surpris à désirer follement qu'elle lui dise *si*.

En fait, il pensait qu'elle accepterait aussitôt sa proposition – comme la plupart des femmes, d'habitude – mais elle avait semblé tiraillée.

Finalement, elle avait dit :

— D'accord… Peut-être.

Il s'était donc installé au bar de l'hôtel et avait attendu.

Et, pour la première et unique fois de sa vie, il n'était pas du tout sûr qu'elle vienne.

Et elle était venue…

Il se rappelait très bien son entrée. Elle s'était arrêtée sur le seuil de la porte, vêtue d'un jean slim et d'un pull trop grand qui glissait sur ses épaules, où pendait une besace informe. À cet instant-là, il aurait dû comprendre qu'il était complètement fou, mais la vue de ses longs cheveux roux ramenés d'un côté de la tête et son désir subit pour cette femme qui ne ressemblait à aucune autre l'avaient cloué sur place. À tel point qu'il n'avait même pas pu se lever pour aller à sa rencontre !

— Merci. C'était bon, dit-elle.

Lazaro revint à la réalité en la voyant pousser son assiette vide.

— Où es-tu descendue ? lui demanda-t-il.

Rougissante, elle évita son regard.

— Pour l'instant, je n'ai réservé nulle part. J'ai vu une auberge de jeunesse près de la gare quand je suis arrivée de l'aéroport. Il y aura sûrement une chambre, là-bas.

Les yeux plissés, Lazaro lui lança :

— Tu n'avais pas l'intention de rester, donc tu n'as pas réservé de chambre, c'est ça ? Je parie que tu n'as pas acheté de billet de retour non plus ?

Embarrassée, Skye évita une nouvelle fois son regard. Il avait raison, elle n'avait rien prévu pour la durée de son séjour ici. C'était stupide de sa part.

Déstabilisée, elle se leva.

— Je n'ai jamais rencontré de personne aussi cynique que toi. Je ne suis pas venue ici pour te piéger, Lazaro. Si tu savais comme je me moque de ta fortune et de cette suite dans cet hôtel de luxe !

— Appartement, rectifia-t-il. Oui, je suis ici chez moi. Cet hôtel *m'appartient.*

C'en était trop ! Elle alla prendre son sac et son manteau dans le salon et se retourna.

— Je vais chercher un endroit où dormir. J'ai un vol tôt demain matin et comme je te l'ai dit, je ne suis pas venue ici pour rester, mais pour te faire savoir que j'étais enceinte.

Comme elle sortait, il la rattrapa.

— Reste ici ce soir, d'accord ? On verra ce que tu fais demain.

— Impossible. Je travaille demain soir.

— Si tu es enceinte de moi, comme tu le prétends, il serait préférable que tu restes ici, en Espagne, jusqu'à ce que le test ADN le confirme… Ou pas.

Interdite, elle resta un instant bouche bée.

— C'est fou ! Tu ne vas pas m'obliger à rester ici, alors que…

— Si. Parce que si cet enfant est de moi, j'ai un droit de regard sur son avenir… et sur le tien. Pour commencer, où vis-tu ?

— Dans un rez-de-chaussée très bien, à Dublin.

Elle mentait, mais ne pouvait pas avouer que son studio était tellement humide qu'il y avait de la moisissure sur les murs. Que la cuisinière à gaz fonctionnait mal et que son quartier n'était pas très bien fréquenté…

Comme s'il avait lu dans ses pensées, Lazaro fit une moue dubitative.

— Tu es serveuse. Avec le salaire que j'imagine, je vois le genre d'endroit que tu peux t'offrir. Je refuse que la mère de mon enfant et mon enfant prennent des risques.

Il lui enleva son sac et son manteau des mains.

— Tu restes ici ce soir et, demain, je t'emmènerai consulter. Mon médecin saura me dire si tu es enceinte ou pas. Ensuite, on discutera.

Impuissante, elle répliqua vertement :

— J'ai un travail ! Une maison. Et ma vie. Tu ne peux pas tout chambouler comme ça !

Il arqua les sourcils.

— Ah bon ? Je n'ai pas le droit de chambouler ta vie ? Et toi, qu'est-ce que tu viens de faire, à ton avis ?

3.

Skye resta sans voix. Avec sa réponse cinglante, Lazaro l'avait réduite au silence. Elle était totalement responsable de la situation. Si elle n'était pas venue à Londres, il ne se serait rien passé. Il ne lui restait qu'à gérer au mieux la suite des événements.

— D'accord, je reste, alors, maugréa-t-elle.

Il la conduisait dans une chambre immense et lui dit de se mettre à l'aise, puis il sortit après lui avoir recommandé de se reposer.

Elle passa dans la salle de bains et prit une douche. L'eau chaude lui fit un bien fou. Enveloppée dans un peignoir épais, une serviette nouée autour de la tête, elle retourna dans la chambre. Epuisée comme elle l'était, elle ne s'endormirait pas facilement. Elle choisit donc de s'asseoir devant la baie vitrée pour admirer les lumières de Madrid. Mais, à peine assise, elle commença à s'interroger. Lazaro était-il affecté par la rupture de ses fiançailles ? Il ne l'avait pas montré, en tout cas. Bien sûr, ce n'était pas un mariage d'amour, c'est du moins ce qu'il lui avait dit. De toute manière, la notion même d'amour lui était étrangère. Cet homme était vraiment étrange…

Elle sourit.

Ce n'était pas charitable, mais elle n'était pas mécontente qu'il n'y ait pas d'amour dans sa relation avec Leonora.

La nuit qu'elle avait passée avec lui avait été… bouleversante ! Rien de moins. Le lendemain matin, elle aurait aimé rester, mais à quoi bon prolonger ces instants ? Il aurait bien fallu se séparer. Même avant d'apprendre qui il était, elle avait compris que Lazaro Sanchez n'était pas homme à se laisser enfermer dans une relation avec une petite serveuse après une nuit torride. Il y en aurait peut-être une seconde, mais leur aventure n'irait pas plus loin.

Nouée par l'angoisse, elle se força à respirer calmement pour évacuer son trop-plein de tension. Sa mère le lui avait souvent répété : « Nous sommes des êtres humains, Skye, pas des robots. Profite du moment présent. Il n'y a que ça qui compte. »

Sa mère, très New Age, rayonnait en prononçant ces paroles. L'énoncé de sa devise était généralement suivi d'un déménagement, dans une autre ville, un autre pays, pour prendre un nouveau job. À peine commençait-elle à se sentir bien quelque part qu'elles partaient…

D'une certaine façon, sa mère avait raison : Skye était piégée, maintenant. Obligée de se soumettre à la volonté de Lazaro Sanchez, le père de son bébé…

Elle n'avait jamais eu la chance de connaître son père. Sa mère avait tenu bon et ne lui avait jamais révélé son identité. En vérité, un jour, elle lui avait avoué qu'elle ne savait pas avec lequel de ses amants elle l'avait conçue car à l'époque, elle collectionnait les conquêtes…

La mère de Skye venait d'un milieu huppé, mais c'était une rebelle dotée d'une âme d'artiste. Sa famille avait coupé les ponts avec elle – et lui avait coupé les vivres – quand elle avait appris qu'elle était enceinte. À dater de ce moment-là, elle avait mené la vie débridée d'une hippie. Par fierté, elle n'avait jamais repris contact avec sa famille. Par fierté et, aussi – Skye l'avait compris au fil des ans – par tristesse d'avoir été rejetée par ce qu'elle avait de plus proche.

La famille… Skye avait une opinion très sombre de

la famille, due à son enfance difficile. Malgré tout, elle n'avait jamais cessé de rêver d'une famille. Une famille à elle. Une famille solidement implantée quelque part. Une famille solide et stable.

Quand elle avait compris qu'elle était enceinte, elle avait eu très envie de cocooner, de prendre racine. Son besoin d'annoncer la nouvelle à Lazaro était le signe de cet étrange appel, de cette soudaine urgence. Elle se poserait quelque part quand elle aurait ce bébé et resterait en contact avec Lazaro pour que son enfant grandisse en sachant d'où il venait et qui étaient ses parents.

Elle voulait que son enfant voie le monde, comme elle, mais avec la certitude de toujours retrouver sa maison au retour.

Submergée par une vague de mélancolie, elle ferma les yeux. Elle allait somnoler quelques minutes, la tête au creux d'un coussin, puis elle se lèverait et s'habillerait pour le dîner.

En admiration devant la femme qui dormait, Lazaro ne bougeait plus. Soucieux de s'assurer qu'elle allait bien, il avait frappé à sa porte et, comme elle ne répondait pas, il avait ouvert. Il ne l'avait pas tout de suite vue et avait cru qu'elle était partie.

Une espèce de panique s'était emparée de lui, qu'il avait détestée.

Puis il l'avait aperçue. Roulée en boule comme un chat dans le fauteuil. Endormie profondément. Elle avait la tête penchée sur le côté. La serviette enroulée autour de ses cheveux était à moitié défaite. Même comme cela, cette femme lui faisait un effet incroyable. Il en avait mal au ventre, aux reins. Mieux valait ne pas penser à ce qu'elle lui aurait inspiré s'il l'avait trouvée nue sous la douche…

Il hocha la tête. C'était horripilant d'être obsédé comme ça !

Puis il se pencha pour la prendre dans ses bras et aller la déposer sur le lit. Elle était légère comme une plume et semblait si fragile… Quand il la déposa sur le lit, la serviette qu'elle avait autour de la tête se défit, libérant ses cheveux roux. Comme elle était charmante ! Elle avait l'air tellement innocente qu'il en fut profondément ému.

Soudain, il se remémora un détail de leur nuit. Quand ils avaient pris un verre, au bar de l'hôtel, il lui avait demandé ce qui l'avait finalement décidée à venir. Elle avait redressé les épaules d'un air de défi, avant de répondre « parce que je n'ai jamais rencontré quelqu'un comme vous. Et vous avez raison. Quelquefois, c'est bien de ne pas réfléchir… »

Elle était touchante de naïveté.

Lazaro sourit. Dans son monde où le cynisme n'avait d'égal que l'hypocrisie, elle détonnait agréablement.

À son réveil, le lendemain matin, Skye était désorientée. Elle se trouvait dans un lit très confortable mais ne se rappelait pas s'y être couchée. En revanche, elle se souvenait de s'être endormie dans un fauteuil.

Elle se releva sur un coude et tâta ses cheveux. La serviette était sur l'oreiller. Sa coiffure allait être un désastre.

Comment avait-elle fini dans ce lit ? C'était sûrement Lazaro. Il avait dû entrer dans la pièce, la voir assoupie et la coucher. Elle en rougit.

Le soleil brillait déjà mais il n'y avait pas un bruit dans la maison. Elle se leva et, après s'être lavée et coiffée à la va-vite, s'habilla et prit une profonde inspiration avant de s'aventurer dans la suite… Ou plutôt, dans l'appartement !

Lazaro prenait son petit déjeuner dans la grande salle à

manger, sur une table encombrée de papiers. Il était rasé et avait encore les cheveux mouillés. Il était vraiment très séduisant, dans sa chemise à rayures bleues et blanches. Comment ne pas avoir envie de lui ?

Une femme entra dans la pièce, chassant les images troublantes qui envahissaient son esprit. Lazaro, qui n'avait pas encore levé les yeux, reposa le document qu'il lisait et la regarda.

— *Buenos dias !* lança la domestique, une cafetière à la main.

— Bonjour, répondit Skye, intimidée par tout ce décorum.

Lazaro la détailla de la tête aux pieds.

— Tu n'as pas ton déguisement de serveuse, aujourd'hui ?

Vexée, elle devint rouge pivoine.

— J'étais habillée en serveuse pour me faire passer pour quelqu'un du personnel.

Comme elle sentait une nausée monter, elle se retint au dossier d'une chaise.

— Qu'y a-t-il ? Tu es toute pâle…

Elle bafouilla trois mots incompréhensibles et se précipita aux toilettes. Voyant qu'il la suivait, elle lui fit signe de la laisser mais il ne bougea pas.

— Ce n'est rien. C'est une nausée. Comme tous les matins.

— Tous les matins ?

Incapable de répondre, elle attendit que la nausée passe et se redressa.

— Je suis désolée, dit-elle. C'est incontrôlable. Normalement, ça devrait bientôt s'arrêter.

— C'est impressionnant, dit-il. Tu veux peut-être manger quelque chose ?

Préférant ne pas se regarder dans la glace, elle sortit des toilettes et revint vers la table. Lazaro dit quelque chose à la domestique, qui attendait toujours avec sa cafetière, et montra une chaise à Skye.

— Assieds-toi.

— Merci, je veux bien.

En s'asseyant, elle se pencha sur des papiers étalés sur la table.

— Oh ? Que fais-tu avec mon passeport ?

Il remplit deux tasses de café, en poussa une vers elle.

— Skye Fleur O'Hara ?

— Oui, Fleur. Ma mère était… un peu hippie.

— Où vit-elle ? En Irlande ?

Skye hocha la tête et but un peu de café.

— Il est bon. Il est fort. Non, ma mère est en Inde. Dans un ashram. Je ne sais pas exactement où, alors elle n'est pas encore au courant, pour le bébé.

La domestique leur présenta un choix de viennoiseries, des omelettes et des pâtisseries que Skye accepta avec plaisir, puis s'éclipsa.

— Et toi, où sont tes parents ? demanda Skye, espérant ainsi éviter des questions sur son père.

— Je n'ai pas de relations avec mes parents.

— Ah ?

Il la regarda.

— Nous avons rendez-vous chez mon médecin dans une heure. Nous partirons dans quarante minutes. En attendant, excuse-moi, j'ai des coups de fil à passer. Mange un peu, ça te fera du bien.

Elle le regarda contourner la table et demanda :

— Dis-moi… Tu es toujours aussi directif ?

Il ne s'arrêta pas, ne lui lança pas un regard.

— Toujours. Tiens-toi prête… dans quarante minutes.

— Bien, mademoiselle O'Hara. Je vous le confirme, vous êtes enceinte.

Skye jeta un coup d'œil à Lazaro qui se tenait de l'autre côté du bureau et n'avait pas cillé.

— J'ai appelé votre médecin traitant. L'échographie du troisième mois est parfaitement normale.

— Elle a pourtant été malade, ce matin, intervint Lazaro.

— Rien de grave, docteur, juste une nausée, expliqua Skye.

— Bien, reprit le médecin, je vous prescris la prochaine échographie. Voyez avec mon assistante pour le rendez-vous. Mais tout va bien, ne vous inquiétez pas.

Skye ouvrait la bouche pour dire qu'elle ne serait plus là pour son prochain examen, mais Lazaro la devança.

— C'est entendu, docteur. Merci.

— Pourquoi l'as-tu laissé croire que je serai encore là dans deux mois ? protesta Skye. Je serai à Dublin.

Ils étaient à l'arrière de la berline de Lazaro, conduite par son chauffeur. La circulation était dense et ils avançaient au pas.

— Tu peux me rappeler ton adresse à Dublin ?

Ne sachant pas ce qu'il voulait en faire, elle la lui donna de mauvaise grâce.

Après quelques secondes, il lui tendit son portable. C'était une photo de sa rue avec ses maisons décrépies et les types qui faisaient le guet au pied des immeubles. Sans parler des immondices qui jonchaient le trottoir.

— C'est là que tu habites ?

Elle fit oui de la tête et ajouta, sur la défensive :

— Ce n'est pas aussi moche que ça en a l'air. Ils sont même en train de réhabiliter le quartier.

Loin d'être impressionné, Lazaro ricana.

— Génial ! Tu vas passer d'un repaire de dealers à un chantier !

Le téléphone de Lazaro se mit à sonner et il répondit. Il était question d'un bâtiment, à Venise, qu'il désirait acquérir et devait négocier.

La conversation dura longtemps et quand il raccrocha, le chauffeur se garait devant l'hôtel.

— Si j'ai bien compris, tu as l'intention de rester vivre dans cet immeuble minable, dit Lazaro en descendant. Avec le bébé ?

Exaspérée, elle sortit les griffes.

— Tout le monde n'a pas la chance de vivre dans un loft... Un kilomètre au-dessus du commun des mortels ! Les gens ont des bébés là où j'habite et ils se portent tous très bien. Ce n'est pas un ghetto.

— Détrompe-toi, je n'ai pas grandi dans un quartier chic, répliqua-t-il. Loin de là, même. Je sais exactement à quoi ressemblent les quartiers comme le tien, ajouta-t-il. Et ce qui s'y passe. Il est hors de question, si j'ai un enfant, qu'il vive dans la zone.

Comme elle n'avait pas envie d'ergoter, elle répondit simplement que c'était tout ce qu'elle pouvait s'offrir.

— Je n'en suis pas morte. Mon bébé n'en mourra pas non plus.

— *Notre* bébé.

— Ah ? Parce que tu me crois, maintenant ?

— Le Dr Ruben a indiqué la date probable de l'accouchement. Si je calcule bien, cet enfant a été conçu durant la nuit que nous avons passée ensemble.

Il soupira.

— Ceci étant, nous étions deux cette nuit-là et je n'avais pas de préservatif. Je suis donc aussi responsable que toi. Peut-être même plus.

Heureuse de l'entendre reconnaître sa part de responsabilité, elle lui sourit.

— Quand le bébé naîtra, on demandera un test d'ADN, décréta-t-il. D'ici là, je considère qu'il est de moi.

Skye apprécia sa franchise. Il ne lui faisait pas confiance à cent pour cent, mais il y avait un mieux. Elle comprenait sa position. Compte tenu de sa fortune, il avait raison de se méfier des aventurières intéressées par son empire.

Machinalement, elle regarda sa montre.

— Lazaro…

— Oui.

— J'ai raté mon vol. J'ai appelé à mon travail. Je suis excusée pour aujourd'hui, mais il faut que j'y sois demain ou je perdrai mon emploi. Il faut que je rachète un billet de retour, aujourd'hui. Je sais que l'endroit où j'habite ne te plaît pas. Quand je serai là-bas, je chercherai autre chose.

Avec la crise du logement qui sévissait dans le pays, elle savait qu'il y avait peu de chances pour qu'elle trouve un appartement dans ses moyens. Cela ne dépendait pas d'elle.

Elle se détournait pour aller prendre ses affaires quand il la rappela.

— Skye… Tu as entendu ce que j'ai dit ? Il est hors de question que tu retournes dans cet immeuble et que tu reprennes ce travail.

— Mais… Je ne vois pas pourquoi, puisque tu ne croiras que ce bébé est de toi qu'après sa naissance. Après le test d'ADN. D'ici là, je suis libre, non ?

Hochant la tête, il s'approcha d'elle mais, au lieu de le repousser, elle eut envie de se jeter dans ses bras… pour qu'il lui fasse l'amour. Comment pouvait-elle éprouver ce genre de sentiments, alors qu'il scrutait son visage, l'air de se demander quelle mouche l'avait piqué ce fameux soir, trois mois plus tôt, lorsqu'il l'avait conduite dans sa chambre…

— Écoute… Je pars en Andalousie, demain. J'ai des affaires à traiter là-bas. Tu pourrais venir avec moi et rester jusqu'à ce que nous décidions de la suite. Dorénavant, plus rien n'est comme avant. Tu attends un enfant, sans doute de moi. Je veux m'occuper de vous deux…

Lazaro la regarda se métamorphoser. C'était fascinant. La moindre émotion se lisait sur son visage. Cela le changeait des femmes froides et hautaines qu'il fréquentait d'ordinaire. Pour l'instant, Skye semblait hésiter entre colère et frustration, sans compter un autre sentiment sur lequel il ne parvenait pas à mettre un nom. Qu'était-ce ? De la rancœur ? Non. De l'impuissance, peut-être. Ou de la résignation…

Il était en position de force et entendait en profiter pour imposer sa volonté pour l'avenir. Ce qui le surprenait lui-même, c'était le calme avec lequel il acceptait cette paternité non désirée. Sans doute cette histoire lui semblait-elle tellement irréelle qu'il jugeait inutile de lutter ?

Il était peut-être encore en état de choc. Si la grossesse de Skye était visible, elle lui aurait sans doute paru plus réelle.

— Dorénavant, commença-t-il, tu vas devoir admettre l'idée que ta vie a changé, tout autant que la mienne. Nous sommes tous les deux responsables de ce qui arrive. Reste à voir comment tout cela va pouvoir s'organiser. Quoi qu'il en soit, ta place est ici. Corrige-moi si je me trompe, mais peu de chose te retient à Dublin. Tu n'y as pas de famille, n'est-ce pas ?

Il nota un petit rictus dans sa joue mais ne chercha pas à savoir ce qui l'avait provoqué.

— Non, personne. Il n'y a que moi.

Pourquoi se sentait-il honteux, tout à coup ? Et pourquoi cette réponse résonnait-elle si douloureusement en lui ?

D'un geste de la main, il chassa l'air devant lui, comme pour balayer de sombres images. Lui aussi était, finalement, seul en ce monde. Il l'avait toujours été. Il ne faisait confiance à personne ou presque… À une ou deux personnes tout au plus. Des amis qu'il s'était faits au fil de sa triste vie.

Elle pointa le menton. Ses yeux bleus brillaient comme de précieux saphirs.

— Est-ce que tu te rends compte que moi aussi, j'ai une vie ?

Elle ne s'était pas emportée, mais le ton était ferme. Elle poursuivit.

— Je suis quelqu'un d'indépendant. La seule raison qui me fait hésiter à rester ici, comme tu le suggères, c'est le bien du bébé, mais ne va pas imaginer, si j'accepte, que c'est parce que tu n'aimes pas l'endroit où j'habite, ni mon travail. Tu n'as aucun droit sur moi. D'ailleurs, j'aurais très bien pu décider de ne pas te prévenir que j'étais enceinte. Mais je l'ai fait quand même.

Etonné par sa détermination, il la regarda attraper son sac et le balancer par-dessus son épaule.

— Je vais prendre un café dehors et réfléchir à tout cela. Je te ferai savoir ensuite ce que je décide.

Comment osait-elle ? Personne ne lui tenait jamais tête… Abasourdi, il demeura muet et la regarda passer la porte, ses cheveux flamboyants virevoltant sur son dos. Puis il balaya la pièce des yeux. Elle avait oublié son passeport sur la table, ce qui le rassura. Si elle projetait de se sauver, elle n'irait pas très loin.

Incapable de rester en place, il alla à la fenêtre. Elle n'avait pas mâché ses mots. Finalement, elle avait raison, elle aurait très bien pu ne rien lui dire et il n'aurait jamais su l'existence de cet enfant. Mais c'était difficile à croire. Sachant ce qu'il représentait financièrement, elle avait tout intérêt à se manifester !

En tout cas, si, comme elle le prétendait, cet enfant était vraiment le sien, il ferait tout pour lui offrir une vie agréable.

Toute sa vie, il avait nourri une colère rentrée envers

ses parents pour ce qu'ils avaient fait… Pour s'être débarrassés de lui comme d'un paquet encombrant. Animé par cette colère, ou plutôt par cette rage, il avait entrepris et réussi tout ce à quoi il s'était attelé.

Mais il était assez honnête pour reconnaître que cette colère cachait une blessure profonde : le fait d'avoir été abandonné pour préserver l'honneur de deux familles célèbres. Et les héritages à venir. Ce sort-là, il ne le ferait jamais subir ni à Skye ni à son enfant.

Hier soir, cela s'était mal passé entre eux. La discussion s'était envenimée au sujet de l'avenir de leur enfant mais il était confiant, tout rentrerait dans l'ordre.

Il avait eu envie d'elle ; c'était une faiblesse qu'il s'interdirait dorénavant.

Comme pour lui faire oublier sa bonne résolution, elle sortit de la réception de l'hôtel, quelque vingt étages plus bas et offrit son visage au soleil. Avec ses cheveux roux éclatants, et sa silhouette de rêve, quelle beauté ! Comment pouvait-il rester insensible ? Leonora, la sculpturale Leonora, ne lui arrivait pas à la cheville. Elle était chic et élégante, certes, mais jamais il n'avait eu envie de la caresser.

C'était à Skye qu'il pensait alors qu'il s'apprêtait à s'aliéner à une autre femme. Aux formes de Skye… À ses seins si doux, à sa peau.

Non, non et non, il fallait qu'il pense à autre chose.

Il enfonça ses poings dans ses poches.

Il n'avait jamais envisagé de se marier, ni par goût du sexe, ni pour satisfaire quelque sentiment que ce soit. Ces choses-là étaient trop risquées. Incontrôlables. Or Lazaro savait qu'il devait être maître de lui et de ses émotions en toutes circonstances parce qu'il était guetté, épié par des gens qui ne lui voulaient pas que du bien.

Au pied de l'hôtel, Skye sortit ses lunettes de soleil de son sac et se dirigea vers le café qui se trouvait de l'autre côté de la rue. On aurait dit une jeune étudiante.

Elle entra dans le café et disparut de sa vue. Aussitôt, au lieu de la rejoindre comme il en brûlait d'envie, il appela quelqu'un au téléphone. Quelques secondes plus tard, un homme arrivait et planquait à quelques mètres de l'entrée du café. Lazaro ne croyait pas qu'elle se sauverait, mais il ne voulait pas prendre le risque.

Skye était assise à sa place depuis si longtemps que le personnel commençait à la regarder de travers. Elle savait que Lazaro avait été mécontent qu'elle s'en aille, lui à qui personne ne tenait jamais tête. Mais c'était tant pis pour lui !

La mère de Skye était sortie avec un millionnaire pendant un certain temps. Skye se souvenait du yacht amarré dans le port de Saint-Tropez et des enfants qu'elle avait connus au hasard des rues et de la marina, avec lesquels elle avait exploré la ville.

Elle se souvenait de lui comme d'un homme gentil mais qu'elle n'intéressait pas. La relation avec sa mère n'avait pas duré longtemps. Il avait voulu lui imposer sa volonté mais celle-ci avait très vite rué dans les brancards. Personne ne l'embrigaderait jamais. Personne ne lui couperait les ailes.

C'est donc très tôt que Skye avait appris à ne pas s'attacher à quiconque. Les premières fois où sa mère et elle avaient déménagé précipitamment, elle avait été triste de devoir quitter ses amies et même les grandes personnes qu'elle commençait à bien connaître. Sa mère et elle partageaient un secret : ne jamais laisser personne les approcher de trop près.

Qu'elle se soit donnée aussi vite à Lazaro était étonnant.

Elle essaierait de comprendre ce qui lui était passé par la tête pour qu'elle le laisse faire et, même, l'excite. Mais plus tard. Pour l'instant, elle en était convaincue, il n'y avait eu entre eux qu'une attirance physique. Peut-être aussi, sa virginité commençant à lui peser, s'était-elle donnée à lui parce qu'il s'était présenté à ce moment-là, tout simplement ?

Il n'empêche, avec ce bébé, leurs deux destins étaient désormais liés, mais cela ne lui faisait pas peur. L'homme avec lequel elle avait partagé une nuit de folie ne croyait pas à l'amour, il le lui avait dit. Cette nuit-là avait donc été une erreur. Elle était trop intelligente pour s'attacher à lui puisqu'elle n'avait rien à attendre en retour.

La seule chose qui comptait, maintenant, c'était le bébé. Un bouleversement dans sa vie, qui lui posait un problème. Elle ne connaissait personne à Dublin. Ni ailleurs. Elle n'avait pas vraiment de famille. Elle avait un travail, dans un bon restaurant, mais il lui permettait à peine de vivre. Et elle n'y avait aucun espoir de promotion.

Pour l'instant, elle avait besoin de laisser un peu d'espace entre Lazaro et elle. Pour remettre de l'ordre dans ses idées. Pour lui faire comprendre qu'elle ne lui obéirait pas aveuglément.

Sentant des picotements dans la nuque, elle leva les yeux. Il était là, à l'entrée, et il bloquait la porte. Tout le monde le regardait mais il semblait s'en moquer.

Soudain, il l'aperçut et se dirigea droit vers elle.

— As-tu eu assez de temps pour réfléchir ? lança-t-il en s'asseyant en face d'elle.

Elle commença par le narguer et, brusquement, battit en retraite.

— Oui. Je vais suivre ta suggestion. Pour l'instant. Parce que je pense que c'est mieux pour le bébé. Dans ce but-là aussi, ce serait bien que nous fassions un peu mieux connaissance, toi et moi.

Il se pencha vers elle.

— Je vais demander à mon assistante de s'occuper de tes affaires à Dublin. De ton appartement, de tes bagages… Tes meubles pourraient aller dans un garde-meubles et le reste venir ici.

Gênée, elle piqua un fard. Après une vie passée à déménager léger, toutes ses affaires devaient tenir dans deux grandes valises.

— Tu sais, je n'ai pas grand-chose. Quant aux meubles, ils appartiennent au propriétaire.

— C'est parfait. Je vais demander à ma secrétaire particulière de venir cet après-midi pour voir avec toi ce que tu souhaites exactement.

Il se leva.

— Prête ?

Elle se sentait désorientée. Tout allait trop vite à son goût. Elle pensait être de retour à Dublin demain et avoir tout son temps pour organiser l'avenir. Lazaro la bousculait.

Il lui tendit une main, qu'elle prit sans hésiter. Pour la première fois de sa vie, peut-être, elle ne se sentait pas seule. Cette main, *sa* main, était grande, chaude et rassurante. Une sensation qui faisait du bien… Qui faisait chaud au cœur.

Elle haussa machinalement les épaules. Il ne fallait pas qu'elle s'emballe. Ce geste ne voulait rien dire.

Ils sortirent. À peine dehors, il lui annonça qu'il devait se rendre à son bureau.

— J'en ai pour deux heures, dit-il. Et, demain, nous partons pour l'Andalousie.

Sans même un regard, Skye rentra dans l'hôtel et remonta à l'appartement où, un peu plus tard, une des assistantes personnelles de Lazaro vint prendre les instructions pour le transfert de ses affaires de Dublin.

— J'ai peu de choses, dit Skye, s'excusant presque.

Et voilà ! Après avoir été sous la coupe de sa mère, elle devenait la marionnette de ce milliardaire tout-puissant. Elle qui avait toujours été jalouse de son indépendance… Quel échec cuisant !

Dorénavant – et, en ce sens, Lazaro n'avait pas tort – elle ne pouvait plus ne penser qu'à elle. Il y avait un bébé en route, et ce bébé devait passer en premier. Sur ce point-là, elle n'agirait pas comme sa mère qui n'avait jamais décidé qu'en fonction d'elle-même et de ses désirs.

À cet instant, son mobile sonna. Elle prit son téléphone dans son sac, et sourit en découvrant le nom affiché à l'écran.

— Allô, maman…

4.

— Tu n'étais encore jamais montée dans un jet privé ?

Quelle question ! Skye roula des yeux ronds.

— Crois-le si tu veux, mais non !

Ils avaient décollé d'un petit aérodrome une demi-heure plus tôt et survolaient maintenant Madrid. Lazaro lisait un journal tandis qu'elle faisait semblant de regarder par le hublot. Depuis son arrivée, ce matin, elle ne pensait qu'à lui. Il était superbe dans une tenue plus décontractée que les jours précédents mais toujours chic, pantalon noir et pull gris anthracite. Dans un effort pour le chasser de son esprit, elle prit le journal qui se trouvait devant elle. Sur la première page s'étalait la photo d'une femme dont le visage lui disait quelque chose. Un homme, près d'elle, très élégant, lui ouvrait la portière d'une luxueuse berline.

— Oh !

Lazaro se tourna vers elle.

— Qu'y a-t-il ? Tu es toute blanche.

— Regarde, dit-elle lui montrant la photo.

Le titre du journal était explicite.

« La fiancée humiliée, Leonora Flores de la Vega, se console dans les bras de Gabriel Ortega Cruz y Torres. »

Lazaro prit le magazine et laissa échapper un juron en espagnol.

— Je suis désolée, dit Skye.

— Arrête de t'excuser. Ce qui est fait est fait. Ce

n'est pas ta faute si Gabriel Torres profite de la situation pour remuer le couteau dans la plaie. De sa part, rien ne m'étonne.

— Qui est-ce ? demanda timidement Skye.

— Tu vois les terres, en dessous ?

Elle se tourna vers le hublot. Sous leurs pieds s'étalait un immense paysage de montagnes brûlées par le soleil, de gorges, de petits villages…

— Euh… Oui, mais je ne sais pas ce que je dois regarder…

— Peu importe. Ce que tu vois appartient à Gabriel Torres et à sa famille. Ils possèdent la moitié de l'Espagne… J'exagère à peine.

— Ah ? C'est qui ? Un rival…

— Si tu veux. Oui.

— Tu penses qu'il a séduit Leonora pour te narguer ?

— Il en est bien capable.

— Pauvre Leonora !

Agacé, il hocha la tête.

— Elle le connaît, elle n'est pas idiote… Elle vient de ce monde. Il a peut-être fait ça pour me narguer mais, si elle a accepté, c'est qu'elle le veut bien.

— Ça te contrarie ?

Comment aurait-il pu en être autrement ? Elle se souvenait de la réaction qu'elle avait eue quand elle avait vu Lazaro avec Leonora dans ce fastueux salon de réception.

— Après ce que je lui ai infligé, elle a le droit de faire ce qui lui plaît. Elle ne me doit rien.

— Non, mais moi je lui dois des excuses.

Surpris par la naïveté de sa remarque, il la regarda.

— Je ne suis pas sûr qu'elle ait très envie d'entendre parler de toi en ce moment. Ni de moi, d'ailleurs.

— Tu as raison.

Lazaro reprit le journal qu'il avait posé et se força à le regarder. La photo avait été prise le soir, devant l'entrée de l'hôtel. Gabriel tenait Leonora par la taille tout en lui ouvrant la portière. Il fixait l'objectif du reporter, l'air conquérant, comme pour adresser un message à Lazaro.

Inutile d'essayer de t'immiscer dans notre monde en te mariant, Sanchez. Tu n'en feras jamais partie.

Bouillant intérieurement, Lazaro lâcha le journal. Gabriel Torres était pire qu'une épine dans le pied. Il incarnait le rappel permanent que lui, Lazaro, ne serait jamais accepté. Le rappel du peu de cas que ses parents faisaient de lui, ces parents qui avaient laissé à de parfaits étrangers le soin de l'élever.

Partagé entre tristesse et incrédulité, il regarda Skye. C'était Leonora qui aurait dû être avec lui en ce moment. C'était à elle qu'il avait prévu de faire découvrir son domaine, cette semaine. Mais il savait aussi que, si elle avait été là, dans l'avion, avec lui, il n'aurait pas ressenti le désir qui le taraudait. Une envie de la prendre qui lui faisait même mal. Avec Leonora, il ne se serait jamais disputé. Ils auraient eu une conversation courtoise, qui serait restée superficielle.

Machinalement, Lazaro porta la main à sa gorge pour desserrer le nœud de la cravate… qu'il ne portait pas !

Une question le hantait. Était-il soulagé que ses fiançailles soient rompues ? Il n'avait pas aimé la manière dont cela s'était passé. Il aurait préféré que la presse ne soit pas là. Mais, maintenant que c'était fait, oui, il se sentait libéré.

Skye était le parfait opposé de Leonora Flores, avec ses vêtements simples, son jean slim et un top décolleté qui laissait voir la bretelle d'un soutien-gorge rose. Elle avait remonté ses cheveux sur la tête ; quelques mèches échappées de son chouchou encadraient son visage enfantin.

Elle avait un petit nez droit. Une bouche pulpeuse. Et des taches de rousseur…

Sentant son corps réagir, il s'agita sur son siège.

— Qu'y a-t-il ? demanda-t-elle soudain. Pourquoi me regardes-tu comme ça ? Tu m'en veux, je le vois bien. Et tu as raison.

Incapable de tenir en place, elle se leva.

— Je regrette d'avoir mal agi. Je sais que ce n'est pas avec moi que tu aimerais voyager en ce moment, mais que faire ? Essayons d'être intelligents et faisons en sorte que la situation soit supportable. Je sais que tu préférerais être avec elle, même si tu ne l'aimes pas vraiment, mais… C'est moi qui suis là… Et je suis ce que je suis. Navrée…

Elle regarda à droite, à gauche. La sentant désemparée, il lui saisit le bras. Au même instant, déséquilibrée par les turbulences que traversait le jet, elle vacilla et tomba dans les bras de Lazaro.

Incapable de se contrôler, il se pencha, happa sa bouche et l'embrassa. Son sexe s'était soudain durci sous l'effet du désir qu'il ne pouvait plus dominer. C'était excitant.

N'y tenant plus, il s'enhardit, la serra très fort contre lui et approfondit son baiser.

Elle ne recula pas, ne protesta pas. Elle était en feu. Quelques minutes plus tôt, elle ne pensait qu'à s'éloigner le plus loin possible de lui et, maintenant, elle s'abandonnait contre lui, exacerbant s'il en était besoin l'envie qu'il avait de la prendre.

C'était comme cela que les choses s'étaient passées la nuit où elle l'avait croisé à l'hôtel. Il ne l'avait pas encore embrassée qu'il lui demandait de monter avec lui dans sa chambre. Ç'avait été complètement fou. À peine avait-elle échangé quelques mots avec lui qu'elle s'était demandé ce qu'elle ressentirait s'il la caressait. S'il l'embrassait.

C'était la première fois qu'elle avait rêvé d'intimité

avec un homme et il était le premier homme à franchir les barrières qu'elle avait érigées pour tenir les autres à l'écart.

Elle sentit qu'il glissait la main sous son top et caressait sa peau nue… Ses seins se tendirent et elle noua les bras autour de son cou, espérant revivre ce qu'elle avait connu cette nuit-là, cette passion, cette folie qui l'avait laissée pantelante mais émerveillée par le plaisir qu'il lui avait donné, un plaisir que dans ses rêves les plus fous elle n'avait pas osé imaginer. Elle ne s'était jamais sentie aussi heureuse, aussi sereine et autant en confiance. C'était comme si, après un long voyage, elle avait trouvé son havre.

Ce souvenir la fit réagir. Elle lâcha brusquement Lazaro et se leva.

Surpris par cette soudaine volte-face, il la regarda. Ses yeux verts avaient viré au noir, ses cheveux en bataille lui tombaient sur le front, le rendant plus sexy encore. Elle détesta aussitôt son expression, qui suggérait qu'il était habitué à ce genre de situation. Comme s'il trouvait normal que les femmes lui tombent dans les bras et lui procurent du plaisir à bon compte !

— Détrompe-toi, rétorqua-t-il se redressant. Je ne te prends pas pour un jouet. Crois-moi, je préférerais ne rien ressentir pour toi quand je te regarde. Malheureusement, ce n'est pas le cas.

Du coin de l'œil, elle vit l'hôtesse sortir des toilettes et s'y précipita. Un coup d'œil dans la glace lui renvoya l'image d'une femme en proie à un désir ardent. Avec ses cheveux emmêlés, ses joues rouges, ses lèvres gonflées, ses yeux brillants et ses seins tendus sous son top, elle ne se reconnaissait pas.

Furieuse contre elle-même, elle fit un nœud avec ses cheveux, se passa de l'eau sur le visage et les poignets et attendit d'être un peu plus convenable pour regagner sa place. Lazaro, qui avait le nez dans son ordinateur portable, remarqua à peine qu'elle se rasseyait.

Lazaro fit semblant de ne pas la voir, craignant, s'il la regardait, de ne pas résister à l'envie de se lever et de l'emmener au fond du jet pour finir ce qu'ils avaient commencé.

C'était terrible de ne pas pouvoir la regarder sans avoir envie d'elle. Il sentait son parfum. Se rappelait la douceur de ses lèvres quand elle les avait ouvertes pour accueillir son baiser. Et sa peau nue sous ses doigts…

Il poussa son portable en marmonnant et ne put s'empêcher de lever de nouveau la tête. Il voulait voir ses beaux yeux bleus. Elle s'était assoupie, les jambes repliées sous elle, la tête contre le volet du hublot qu'elle avait baissé. Une couverture enroulée lui servait d'oreiller. Dans son sommeil, elle fronçait les sourcils et remuait les lèvres comme si elle chuchotait.

Tout, dans son attitude, lui rappelait comment, après avoir fait l'amour, elle s'était lovée contre lui, les jambes mêlées aux siennes, un bras en travers de sa poitrine. Comme pour l'obliger à rester couché.

Avec une autre femme, il se serait senti étouffé, piégé, mais avec elle, il avait adoré.

Elle avait marmonné des paroles incompréhensibles puis s'était réveillée et l'avait fixé, l'air confus. Puis elle avait écarquillé les yeux, comme si elle se demandait où elle était et ce qu'ils avaient fait.

Ce regard avait suffi à l'exciter. Elle l'avait compris et elle avait souri avec un petit air faussement timide. Il n'avait pas résisté, et ils avaient fait l'amour une seconde fois.

Il jura tout bas et détourna le regard. Il ne se rappelait jamais ses ex avec autant de précision et d'envie de sourire. Il ne s'attardait jamais sur le passé. Seuls le présent et le futur lui semblaient dignes d'intérêt. Un futur qu'il entendait inventer. Comme le phénix renaissant des cendres de son ignominieux passé.

Pour l'heure, il avait un obstacle sur sa route. Ce n'était pas grave. Il allait le régler comme il réglait tous ceux qui se présentaient. Comment Skye et le bébé allaient-ils s'insérer dans sa vie ? Il l'ignorait pour l'instant mais il allait y réfléchir. Pour commencer, il allait tenter de réparer les dégâts de ces dernières quarante-huit heures.

De chaque côté de la route s'étendaient, à perte de vue, des hectares et des hectares de tournesols dont le jaune lumineux contrastait avec l'azur du ciel.

— On fait de l'huile de tournesol, ici, dit Lazaro, lâchant le volant de son 4x4 pour balayer d'un geste de la main les champs alentour. Et du vin.

Le paysage était superbe. Au loin, la sierra Nevada dressait ses sommets vers le ciel. Au détour d'un virage apparut soudain une maison de style colonial. Lazaro fit encore quelques centaines de mètres et vint se garer devant le perron de la majestueuse demeure.

La voiture à peine arrêtée, Skye descendit sans laisser à Lazaro le temps de lui ouvrir sa portière. Se méfiant de sa propre réaction, elle avait trop peur qu'il la touche.

— Hacienda Armonia, lut-elle sur une plaque près de la porte. La maison de l'harmonie ?

— Oui. Tu parles espagnol ?

— Un peu.

Elle parlait couramment, en fait, mais n'était pas d'humeur à lui expliquer pourquoi.

— *Señor* Sanchez !

Émergeant d'un massif de bougainvillées, une femme apparut.

— Je ne vous attendais pas si tôt, dit-elle. Tout n'est pas prêt.

— Ce n'est pas grave, Almuneda.

Il se tourna vers Skye.

— Viens. Je te présente Almuneda, ma gouvernante. Elle habite avec son mari dans la maison de gardien. Armando s'occupe du jardin et de l'entretien de la maison, Almuneda de l'intendance et de la cuisine.

Skye serra la main de la gouvernante qui lui sourit.

— Almuneda va te montrer ta chambre. Repose-toi en attendant le dîner que nous prendrons sur la terrasse.

— C'est d'accord.

Sur ces mots, ils se séparèrent.

Lazaro regarda Skye disparaître dans l'escalier avec Almuneda, tout sourire. Skye avait le don de plaire à tous ceux qu'elle croisait. Il l'avait vue avec les clients du restaurant où elle travaillait. Elle avait un excellent contact avec les gens, quels qu'ils soient.

Lors de leur rencontre, il y avait trois mois déjà, il avait espéré qu'elle le regarde et lorsqu'elle l'avait fait, il avait été immédiatement séduit et s'était surpris à souhaiter qu'elle n'ait plus d'yeux que pour lui.

Le souvenir de ce qu'il avait ressenti en la pénétrant lui revint en mémoire et il laissa échapper un soupir. Leur relation avait été torride, mais il n'était pas question de renouer pour l'instant…

Préférant s'occuper l'esprit, il s'installa devant son ordinateur, dans son bureau. Rien de tel que le travail pour se changer les idées. Pour l'heure, il avait une priorité : minimiser les dégâts.

Une fois douchée et changée, Skye descendit dans le jardin. Des pelouses très soignées à la piscine miroir, en passant par les transats et les hamacs, tout était parfait, élégant et luxueux. Tout, surtout, respirait le calme et la volupté. Compte tenu de ce qu'elle avait lu sur lui sur Internet, cet endroit ne ressemblait pas à la demeure qu'elle imaginait pour le play-boy flamboyant et ambitieux que l'on dépeignait dans la presse people.

— Ah, tu es là !

Elle se retourna. Lazaro arrivait, dans une tenue savamment négligée, polo blanc et jean, non pas troué mais délavé. Il était sublime. Comment avait-elle pu, un jour, attirer son regard ?

Il avait encore les cheveux mouillés. Il devait sortir de sa douche. Cette image en amenant immanquablement une autre, elle le revit sortant de la salle de bains, dans l'hôtel de Dublin, une serviette nouée autour des hanches. Elle en était encore émue…

Comme il s'approchait d'elle, elle chercha aussitôt quelque chose à dire pour cacher son trouble.

— C'est paisible. Tu viens souvent ici ?

— Pas assez souvent.

— La propriété est dans ta famille depuis longtemps ?

— Pas vraiment. J'ai acheté ce domaine il y a neuf ans.

Elle réalisa qu'elle savait peu de chose sur sa famille et qu'il en parlait toujours sur un ton sarcastique.

— Ta famille vit à Madrid ?

— Oui, ils étaient là l'autre soir. Enfin, mon père et mon demi-frère.

Elle le regarda ; il ne manifestait pas la moindre émotion.

— Tu m'as dit que tu n'avais pas de contact avec eux. Pourquoi ?

Elle vit qu'il hésitait, crut qu'il n'allait pas répondre. Mais brusquement, il se décida.

— Parce que je suis le fruit d'un adultère entre les membres de deux des familles les plus honorables d'Espagne. Alors, ils m'ont abandonné à la naissance.

Je gênais, tu comprends ! Je faisais tache dans ce beau linge plus blanc que blanc.

Lazaro s'adossa au mur. Son visage était dur, fermé.

— Je suis passé de famille d'accueil en famille d'accueil jusqu'à ce que je comprenne que je serais plus en sécurité dans la rue. C'est là que j'ai appris la vie !

Comment avait-elle pu penser qu'il avait été un enfant choyé, privilégié ? Pourquoi portait-elle sur les gens des jugements si hâtifs ?

Une idée germa dans sa tête.

— Ce Gabriel… Il sait que tu es son demi-frère ?

— Je pense qu'il ne veut pas le savoir.

Pourtant, se dit-elle, il en avait le droit…

— Tu sais que mon père… était un fantôme, lui aussi. C'est pour cela que j'ai voulu te dire pour le bébé. Parce que je ne voulais pas qu'il, ou elle, grandisse sans père, si je pouvais faire autrement.

Almuneda arriva à cet instant, annonçant qu'ils étaient servis sous les bougainvillées.

— Merci, Almuneda. On y va.

Skye suivit Lazaro et une fois à table, elle l'observa à la dérobée. Elle avait du mal à imaginer qu'il ait pu mener une vie misérable auparavant. Une fois le plat de résistance servi, elle osa la question qui lui brûlait la langue.

— Explique-moi. Comment as-tu fait pour posséder tout ça après avoir vécu dans la rue ?

Il haussa un sourcil interrogateur.

— Tu n'as pas cherché sur Internet ?

— Non, dit-elle en rougissant.

Elle s'était contentée de lire les grandes lignes : Lazaro Sanchez, milliardaire et play-boy. Cela lui avait suffi !

Il haussa les épaules.

— Quelqu'un m'a repéré, un jour, devant un musée. J'avais trouvé un moyen de faire entrer les visiteurs par une porte dérobée et je leur réclamais bien moins que le prix officiel. Un touriste a été impressionné par ma débrouillardise. Il se trouve que c'était justement un chef d'entreprise qui délocalisait ses affaires à Madrid. Il m'a proposé un boulot. J'étais doué en maths, je tiens cela de mon père, je crois. C'est une famille de banquiers… Bref, j'ai saisi l'occasion. Bien m'en a pris !

Skye comprenait maintenant d'où lui venait son ambition, sa volonté farouche de réussir.

Ils finirent leur repas en silence.

— Tes affaires devraient arriver de Dublin, demain, dit-il en posant sa serviette sur la table. Je dois retourner à Madrid demain. J'ai un nouveau projet là-bas. Je serai de retour pour le week-end.

Skye n'était pas mécontente qu'il s'éloigne. Elle avait besoin de réfléchir sereinement.

— Nous parlerons de l'avenir à ton retour, alors. Parce qu'il faut que je trouve un travail et un endroit où m'installer.

Pris de court, Lazaro la dévisagea. Elle était naturelle, pas maquillée, pas vraiment coiffée. Côté vestimentaire, elle était sans chichis et la simplicité lui allait bien. Elle portait des chaussures plates et la même jupe noire que le fameux soir, à l'hôtel. Tout compte fait, elle n'avait rien d'exceptionnel. Pourquoi s'était-il confié justement à elle comme il ne s'était jamais livré à personne ? Elle savait maintenant beaucoup plus de choses de lui que la plupart des gens de son entourage.

S'il lui avait fait des confidences sur son passé, songea-t-il, c'était parce que, finalement, ils n'étaient pas si différents. Sa vie de petite fille élevée par une mère seule n'avait pas dû être facile. Elle n'était pas née une cuiller en argent dans la bouche. Pourtant, elle ne réclamait rien.

Désabusé, comme d'habitude, il haussa les épaules. Il

en avait trop vu et était trop cynique pour croire qu'elle puisse être détachée de tout. Après tout, si la preuve était faite que le bébé était de lui, elle serait à l'abri du besoin pour le reste de son existence.

Soudain, l'envie de la pousser dans ses retranchements pour voir sa réaction le titilla. Almuneda débarrassait quand il demanda à Skye comment elle envisageait l'avenir.

Comme elle le regardait sans répondre, il déclara :

— Dans ce cas, notre relation se limitera à des arrangements pour le bien-être de notre enfant.

Plus que vexée, blessée, Skye essaya d'afficher la plus totale indifférence. De toute évidence, il regrettait le baiser enflammé qu'ils avaient échangé dans l'avion.

— Je suis cent pour cent d'accord, répondit-elle. Mais tu n'as pas besoin de me rappeler que tu ne veux pas entretenir de relation avec moi. Je le sais. Je ne suis ni assez jolie ni assez influente. Le réseau, toujours le réseau, je sais que c'est important pour les gens comme toi. Moi, vois-tu, je m'en fiche. Ce qui compte, c'est notre enfant. Je suis sa mère et je ferai tout pour qu'on trouve un arrangement. Malheureusement, tu es le dernier homme avec lequel je voudrais vivre. Je déteste ton cynisme. Et ton obsession pour l'argent et pour le paraître me déplaît au plus haut point.

Ces critiques à peine formulées, elle les regretta. Que lui avait-il fait pour qu'elle se montre aussi agressive ? Après la jeunesse qu'il avait eue, il ne méritait pas pareil traitement. Elle comprit tout de suite qu'il l'avait mal pris car il l'agressa à son tour.

— Tu devrais savoir qu'on ne me manipule pas comme ça, Skye, rétorqua-t-il. Alors, abats tes cartes et mettons-nous d'accord tout de suite !

— Mais qu'est-ce que tu racontes ? Je ne manipule personne, j'en serais bien incapable. Je te jure que, s'il n'y avait pas ce bébé en route, je ne te reverrais pas. J'en suis arrivée à un point où je maudis le ciel de t'avoir rencontré. En revanche, je ne regrette pas les conséquences de cette nuit-là. Je ne suis pas comme toi !

Elle reprit son souffle.

— Dernier point. Si tu t'imagines que je suis prête à accepter une autre nuit comme celle-là, ou je ne sais quoi d'autre, tu te trompes lourdement !

Hors d'elle, elle se leva et quitta la terrasse sous le regard interdit d'Almuneda qui arrivait avec les desserts.

Elle ne savait plus ce qu'elle faisait. Après s'être reproché son agressivité, elle insistait. Ce genre de dérapage ne lui ressemblait pas, pourtant. C'était lui. Il avait le don de la pousser à bout. Et elle, la fâcheuse tendance à s'emporter trop vite.

Elle se tut et, une fois calmée, se promit que lorsqu'il reviendrait pour parler de l'avenir, elle tâcherait de se dominer.

Lazaro avait l'habitude des femmes qui faisaient un esclandre quand il leur annonçait qu'il mettait fin à leur liaison. Avec Skye, c'était différent. C'était lui qui avait eu envie de la rattraper. Elle lui avait asséné quelques vérités dures à entendre. « Si tu t'imagines que je suis prête à accepter une autre nuit comme celle-là, ou je ne sais quoi d'autre, tu te trompes lourdement ! »

Cela lui avait fait mal et, malgré cela, il avait toujours autant envie d'elle.

Il reposa son verre avant de le casser tant il le serrait fort et regarda les gâteaux qu'Almuneda avait posés sur la table. Mais il n'avait plus faim.

Du moins, plus faim de pâtisseries…

Énervé, il se leva en jurant et rentra. Il resterait maître de la situation. Il n'était pas à la merci de sa libido et ne la laisserait pas lui dicter sa conduite.

5.

Deux semaines plus tard

— Alors, comment penses-tu gérer la situation ?

Lazaro regarda son ami Ciro en ricanant. Ciro Sant'Angelo avait à la main un journal où s'affichait en une un cliché de Skye sortant de l'hôtel après cette fameuse nuit, avec pour légende :

« Enceinte de Lazaro Sanchez… Mais invisible. »

— Je ne suis pas là pour parler de ça mais pour affaires, déclara Lazaro, agacé.

Ciro reposa le journal sur son bureau.

— Je pense que tu n'as pas besoin de moi pour te dire qu'avec cette histoire, tu vas devoir t'engager avec cette femme pour le moins… mystérieuse.

Cette femme mystérieuse l'attendait depuis plus de quinze jours à l'Hacienda Armonia. Il avait saisi toutes les occasions pour retarder son retour, même s'il avait hâte de la retrouver car… elle lui manquait. Ce qui le rassurait, c'est qu'il savait que leur attirance n'était que physique, qu'il n'entrait aucune sorte de sentiments dans le besoin qu'il éprouvait de la sentir près de lui, de se sentir près d'elle, en elle, dans ce qu'elle avait de plus tendre et de plus secret.

— Pourquoi veux-tu que je me marie ? Elle est le contraire de ce que j'aime.

— Peut-être, mais c'est la mère de ton enfant.

Mi-amusé mi-agacé, Lazaro fixa son ami.

— Ce n'est pas parce que ta femme t'a lavé le cerveau que…

— Ne parle pas comme ça de Lara. Même pas pour plaisanter.

Surpris, Lazaro se tut. Il y avait de l'électricité dans l'air. Ce n'était pas son ami, ce ton-là.

Ciro avait été dévasté en apprenant que la femme qu'il aimait l'avait trompé. C'était Lazaro qui l'avait aidé à se relever. Finalement, le couple avait renoué et s'était marié il y a peu. Lazaro avait été leur témoin. Aujourd'hui, ces deux-là formaient un couple uni à rendre jaloux leur entourage. Sauf Lazaro qui s'était bien juré de ne jamais se laisser embobiner par une femme. Il n'empêche, l'amour qu'affichaient ses amis le laissait perplexe.

— En fait, reprit Ciro, j'ai une nouvelle à t'annoncer. Lara est enceinte. Trois mois.

— Félicitations ! Je suis vraiment heureux pour vous. Vous le méritez bien.

Les deux amis se regardèrent dans les yeux.

— Merci. Toi aussi, tu le mérites bien, dit Ciro.

Deux heures plus tard, assis près d'un hublot, dans son jet privé qui le ramenait à Madrid, Lazaro était pensif.

Toi aussi, tu le mérites bien, lui avait dit Ciro.

Le bonheur était une notion abstraite pour lui. Il le trouverait – peut-être ? – le jour où ses pairs reconnaîtraient sa réussite et l'admettraient parmi eux. Avec la rupture de ses fiançailles avec Leonora – résultat de son inconséquence – il venait de laisser passer sa chance.

Une image du visage de Skye surgit devant ses yeux… Sa bouche… Aussitôt, son corps réagit et, une nouvelle fois, il se maudit pour sa faiblesse.

Son téléphone qui sonnait le sortit de sa rêverie. Il lut le message et appela le steward.

— Dites à Philippe qu'on change de route. Nous allons directement en Andalousie.

Skye noua ses cheveux en haut de sa tête et planta un grand pinceau dedans pour les retenir. Elle avait trouvé une pièce vide au dernier étage de la maison, baignée de lumière, qui ferait un atelier idéal. Elle allait pouvoir faire ce qu'elle aimait le plus, dessiner. Cela lui permettrait aussi de gagner de l'argent pour s'acheter un billet de retour. Une fois là-bas, chez elle, elle aurait moins de raison d'être obsédée par lui.

Elle prit une grande feuille de papier japon et un fusain et se mit à dessiner au gré de son inspiration. Après quelques minutes, elle regarda son esquisse. Mon Dieu ! C'était Lazaro. Allongé, nu. Du moins, tel qu'elle se le rappelait. Comment sa main avait-elle pu… Comment pouvait-elle être encore accrochée à lui après les deux semaines qu'elle venait de passer, sans aucune nouvelle, littéralement abandonnée comme un vulgaire paquet ?

Effrayée par ce que signifiait ce portrait, elle s'empressa de décrocher la feuille du chevalet et la rangea dans un dossier. À la place, elle attacha une feuille vierge. Qu'aurait-il dit s'il s'était vu ? À cet instant, entendant un bruit derrière elle, elle se retourna et le vit. Lazaro. En costume trois-pièces, aussi impeccable qu'elle était négligée. Elle aurait pu croire à une hallucination si son corps n'avait réagi sur-le-champ. Décontenancée, elle lâcha le fusain qu'elle avait repris. Toutes sortes de sentiments se télescopaient dans sa tête, dans son cœur. De la colère. Du soulagement. De la rancœur. Du désir. Encore du désir. Malgré tout… Un désir qui lui inspirait les pires folies. Lui arracher sa veste, son gilet, son pantalon. Le toucher. Le caresser. Le prendre dans sa main, le serrer et enrouler ses doigts autour de son sexe lisse et dur. Elle voulait cet homme, elle voulait l'ensorceler pour le faire souffrir, lui qui avait fait chavirer son monde. Lui qui ne savait pas, ne voulait pas l'aimer.

Il avança dans l'atelier et dit :

— Mais… Qu'est-ce que tu fais là ?

Consciente du triste spectacle qu'elle offrait avec ses vêtements misérables, de probables traces de fusain sur le nez et le pinceau dans les cheveux, elle inspira profondément pour tenter de se dominer.

— Comme tu vois, je dessine. Almuneda m'a dit que je pouvais occuper cette pièce.

— Pardon ? dit-il se rapprochant.

— Pardon quoi ?

— Pourquoi es-tu allée sur la place du marché faire les portraits des touristes ?

— Pour gagner de l'argent et m'acheter un billet pour retourner à Dublin.

— Et ça ? dit-il prenant un cliché qu'elle avait posé sur le rebord du chevalet. C'est quoi, cette photo ?

— C'est une commande. Une fille qui veut que je fasse le portrait de son père.

Il reposa le cliché et lui montra l'écran de son téléphone. Une photo d'elle souriant à quelqu'un qui lui donnait de l'argent.

— Je vais te lire ce que ces imbéciles de journalistes écrivent.

« Nous l'avons retrouvée ! Forcée de gagner sa vie en portraiturant dans la rue quand le père du futur bébé est Lazaro Sanchez, l'une des plus grandes fortunes du monde. »

— Je ne pouvais pas deviner qu'il y avait des journalistes sur la place, dit-elle sans se démonter.

— Mais tu leur as parlé ! Tu leur as dit que tu voulais repartir. C'est à moi qu'il fallait le dire au lieu de provoquer un nouvel esclandre. Regarde comme tu es habillée, tu as l'air… D'une paumée !

C'était la phrase de trop.

— Dois-je te rappeler, gronda-t-elle, qu'il est quasiment impossible de te joindre ? J'ai essayé mais, après une semaine, j'ai compris que tu avais décidé de m'ignorer et qu'il valait mieux que je m'occupe de moi toute seule !

Lazaro rougit. Ses yeux lançaient des éclairs. Mais il ne lui faisait pas peur. Au contraire, il l'excitait…

— Je n'ai pas ameuté les journalistes, reprit-elle. Mais toi, avoue-le, tu as toujours eu l'intention de me tenir à l'écart de Madrid et de tes relations. Ne dis pas le contraire, je le sais.

Elle pointa le menton. Il fixait le bouton de son jean qu'elle était déjà obligée de défaire car elle commençait à s'arrondir.

— Et ne me fixe pas comme ça !

Il la regardait, en effet, troublé par son corps qui changeait. Cela ne l'empêchait pas de la désirer, quoi qu'elle en pense.

— Je crois que ça ne va pas fonctionner, dit-elle. Franchement, j'ai mieux à faire que rester à me languir dans cet appartement de luxe en attendant que *Monsieur* m'autorise à rentrer chez moi ! Je ne serai jamais une femme entretenue !

Elle décrocha la feuille de papier du chevalet, prit la photo, rangea le tout dans un press-book et partit.

Elle franchissait la porte quand il lança :

— Arrête !

Elle se retourna, une expression indéchiffrable sur le visage, ce qui l'énerva. Dans le même temps, la voir lui tenir tête lui plut. C'était un sentiment ambigu, troublant…

Il la suivit. Elle avait les yeux brillants, des cheveux partout qu'elle essayait de maintenir en place avec… Avec quoi ? se demanda-t-il. Un pinceau ! Il faillit rire tant c'était inattendu. Décidément, son originalité, aussi, lui plaisait.

Ce qu'il ressentait devint brusquement intenable. Ce n'était plus du feu qui brûlait en lui, c'était l'enfer. Il avait eu raison de ne pas revenir plus tôt, mais maintenant qu'il était là… La situation aurait été gérable si ce qu'il éprouvait n'avait été que du désir, parce qu'il savait que le désir était éphémère. Mais elle remuait autre chose en lui. Un sentiment qu'il s'interdisait. Et pourtant, il redoutait de la voir partir.

— Encore un jour et j'aurai de quoi rentrer chez moi, annonça-t-elle. Je ne t'encombrerai plus. Quand le bébé naîtra, je te le ferai savoir. Si tu veux, on se reverra à ce moment-là et on décidera de la suite. Mais tout ça, là…

Elle balaya l'atelier d'un geste ample de la main.

— Merci bien, ce n'est pas pour moi.

Comme elle s'éloignait, il lui empoigna le bras.

— Non, tu restes.

Le ton peu aimable l'arrêta net. Elle se retourna et vit des millions de choses dans ses yeux verts qui l'auraient clouée sur place si elle n'avait déjà été paralysée par le ton cassant de sa voix. Il était en colère et humilié qu'elle lui fasse l'affront de s'opposer à lui. Mais il y avait autre chose dans son regard, une sorte de fièvre… C'était ce qu'elle éprouvait depuis qu'il lui tenait le bras.

La tension grimpa soudain de trois crans.

Furieuse contre lui, elle entendait le sang battre dans ses tempes. Après avoir bousculé sa vie, cet homme arrogant prétendait faire d'elle sa marionnette. C'était odieux. Insupportable. Insupportable aussi, son corps qui la trahissait, ravivant des sensations… Des sensations qu'elle ne connaîtrait bientôt plus quand, de retour à Dublin, elle se réveillerait au petit matin après des nuits entières peuplées de rêves érotiques et trouverait froide et vide la place à côté d'elle.

Elle hocha la tête. C'était ridicule, elle n'avait dormi qu'une fois avec lui. Non, deux fois.

— Lazaro…

— Oui, Skye…

Tout alla très vite. Quand il enlaça ses doigts, elle laissa tomber son press-book et se retrouva dans ses bras, sa bouche sous la sienne, ses mains derrière son cou.

— Lazaro…

Elle se pressait contre lui à lui faire mal, comme pour lui faire payer les quinze jours de séparation et de manque qu'il lui avait infligés.

Il eut un léger mouvement de recul.

— Skye… Es-tu sûre que tu veux…

Elle n'était sûre de rien sauf d'une chose : elle le voulait en elle, elle voulait le sentir la pénétrer et jouir sous lui. Elle voulait le rendre fou, transformer ce milliardaire désabusé en homme de chair et de sentiments.

Elle ne hocha pas la tête, ne dit pas un mot. Quand elle glissa les mains sous sa veste et la fit tomber, il n'attendit pas une seconde pour lui enlever son haut et défaire son soutien-gorge. Il caressa et mordilla ses seins libérés, se régalant de leur douceur.

Elle empoigna ses cheveux, lui arracha sa cravate, ouvrit sa chemise et caressa son torse nu. Il était chaud. Il était même brûlant…

Il ôta son pantalon, son boxer et le jean de Skye et, lorsqu'ils furent nus tous les deux, ils se regardèrent. Debout devant elle, il prit alors son sexe dans sa main et commença à se caresser sous le regard mi-gêné mi-admiratif de Skye, qui n'avait jamais rien vu d'aussi érotique de sa vie.

— Allonge-toi, lui dit-il.

Une envie folle la saisit alors. L'envie de faire une

chose qu'elle n'avait jamais faite et qui la tentait terriblement : le prendre dans sa bouche pour savoir quel goût il aurait sur sa langue. Mais, trop timide pour ce geste audacieux, elle se retint.

Doucement il s'allongea sur elle, sans cesser de la fixer. Elle haletait, ne disait rien mais le suppliait du regard.

— Viens…

— Non. Pas si vite.

Il s'écarta d'elle, glissa sur son ventre et déposa des baisers sur la peau douce, à l'intérieur de ses cuisses. Puis il remonta vers le cœur de sa féminité et lui prodigua la plus intime des caresses.

Eperdue, elle gémit lorsque, fou de désir, il s'allongea sur elle et, lentement, la pénétra. Dans un geste instinctif, elle enroula les jambes autour de ses hanches et l'attira désespérément contre elle, comme si elle avait peur de le perdre.

— Oh oui ! Lazaro.

Peu à peu, il accéléra le rythme, jusqu'au dernier coup de reins, plus violent, qui l'envoya au septième ciel.

Elle avait cru qu'elle n'oublierait jamais la nuit merveilleuse qu'elle avait passée avec lui à l'hôtel, à Dublin, et pensait avoir vécu ce que le monde pouvait offrir de plus fabuleux. Elle se trompait. Ce qu'elle vivait en cet instant était encore plus fantastique. C'était magique.

Étaient-ce les hormones, du fait de sa grossesse, qui décuplaient ses sensations ? se demanda-t-elle.

Elle hocha la tête. Non, c'était uniquement l'effet Lazaro.

Lazaro était au ciel et en enfer. Au ciel, parce qu'aucune femme ne lui avait jamais fait cet effet. En enfer, parce qu'il n'avait plus le contrôle.

Quand il s'était réveillé, c'était la fin de l'après-midi. Elle dormait encore, une jambe en travers de ses cuisses, un bras sur sa poitrine. Il n'avait jamais eu de maîtresse comme elle. N'avait jamais connu de femmes qui se donnent aussi totalement, aussi passionnément. La plupart de ses amantes n'avaient qu'une obsession : leur propre plaisir.

Quand il avait vu Skye dans ce qu'elle appelait son *atelier*, avant qu'elle ne remarque sa présence, elle était de profil, en contre-jour, devant la fenêtre frappée par le soleil. Il avait remarqué qu'elle s'était gentiment arrondie et, pour la première fois depuis qu'elle lui avait annoncé qu'elle était enceinte, il avait su que c'était bien vrai. Cela lui avait fait un choc. Il lui avait dit qu'il ne la toucherait plus, mais, à peine arrivé à l'hacienda, il l'avait dévorée des yeux, littéralement affamé d'elle. Il avait oublié pourquoi elle était fâchée contre lui. Il avait tout oublié.

Maintenant, il se rappelait.

Il fallait limiter les dégâts.

Il assumérait ses responsabilités, il le lui avait dit.

Lazaro alla dans la salle de bains et prit une douche. Froide… Le fait qu'ils soient au diapason, sexuellement, était incontestable. C'était une bonne chose. Ils auraient au moins cela, à l'avenir.

Il faisait déjà sombre quand Skye émergea d'un sommeil comme elle n'en avait pas eu depuis des mois. Désorientée, elle hésita quelques minutes avant de comprendre qu'elle n'était pas dans son lit, mais dans celui de Lazaro.

Tout lui revint, alors… Leurs caresses, leur étreinte torride, le plaisir inouï qu'ils s'étaient donné…

Elle laissa échapper un soupir.

Comment avait-elle pu, furieuse contre Lazaro comme elle l'était, le supplier de lui faire l'amour ?

Il lui avait dit que ça ne se renouvellerait pas, que leur relation, ce n'était pas *ça*, et voilà ce qui était arrivé…

Clairement, il y avait entre eux une force plus puissante que sa volonté. Cela devait lui déplaire… Peut-être même lui en voulait-il ?

Elle sortit du lit, passa son jean, son haut et, sur la pointe des pieds, fila dans sa chambre où elle se déshabilla et prit une douche. Comme si l'eau pouvait laver son humiliation…

Après s'être séchée et coiffée, elle passa un jean propre et rougit de honte en repensant au commentaire peu flatteur de Lazaro sur ses vêtements. Elle avait du mal à l'admettre, mais il avait touché un point sensible. Les femmes qui fréquentaient le restaurant où elle travaillait étaient toujours chics et soignées. Elle leur enviait leur goût vestimentaire. C'étaient des femmes comme Leonora Flores de la Vega, des femmes toujours impeccables. On ne pouvait pas en dire autant d'elle.

Elle haussa les épaules et descendit dans la cuisine d'où s'échappaient de bonnes odeurs de viennoiseries. Almuneda, qui arrivait justement, lui sourit d'un air entendu, comme si elle se doutait de ce qu'ils avaient fait tout l'après-midi.

— Lazaro est dans son bureau, dit la gouvernante. Il demande que vous alliez le retrouver avant le dîner.

Impatiente et tremblante à la pensée de le voir, elle longea le couloir qui menait à son bureau. Il était au téléphone mais, d'un geste de la main, lui fit signe d'entrer.

— Tu voulais me parler ?

— Assieds-toi.

Après ce qui venait de se passer, il était bien solennel !

En s'approchant de la chaise qu'il lui indiquait, elle aperçut, sur sa table, ses dessins.

Furieuse, elle explosa.

— Comment as-tu osé fouiller dans mes affaires ? Tu n'avais pas le droit !

Il la regarda sans rien dire, puis sourit.

— Tes portraits sont bons. Très bons. Où as-tu appris le dessin ?

— Nulle part. Je suis autodidacte.

— C'est pour cela que je n'ai trouvé ton nom dans aucune école d'art, dans aucune fac…

— Pourquoi ? Tu as cherché ?

— C'est normal. Tu attends un enfant de moi, et je ne sais pour ainsi dire rien de toi.

— Je peux dire la même chose de toi.

— Si tu cherches sur Internet tu trouveras toutes les infos que tu veux à mon sujet.

— Qu'est-ce que tu sous-entends ? Que j'ai fait exprès de tomber enceinte. On en a déjà parlé, non ?

— Oui, mais je doute de quelqu'un qui prétend que l'argent ne l'intéresse pas. Dans le cas présent, si cet enfant est vraiment de moi, tu peux toucher le gros lot… Et tu le sais…

— C'est *ton* enfant et ce que tu insinues est immonde. Je ne suis pas là pour t'extorquer de l'argent. Tu es libre de ne pas me croire, mais c'est la vérité.

Il la regarda d'un air soupçonneux.

— Tout me dit de ne pas te croire et, malgré cela, je suis tenté de penser que tu me dis la vérité.

Après avoir marmonné quelques mots en espagnol, il reprit.

— Au fait, j'ai cru remarquer que tu comprenais l'espagnol. Je t'ai même entendue parler avec Almuneda. Où as-tu appris ?

— Comme le dessin, sur le tas. Ma mère et moi avons vécu comme des nomades. On a habité un peu partout, en Europe, au Moyen-Orient… Je dois avoir un don pour les langues, car je retenais très vite… Une technique pour survivre. Si par hasard j'étais inscrite dans une école, je n'y faisais qu'un passage éclair, car nous repartions très vite. C'est pour cela que tu n'as trouvé mon nom nulle part.

— Ah ? Et pourquoi déménagiez-vous tout le temps ?

Elle haussa les épaules.

— Ma mère. Elle est attirée par ce qui brille et qui est nouveau. Un boulot ou un nouvel amant. C'était une bonne mère, malgré tout. Je savais qu'elle m'aimait et elle m'a toujours protégée, où que nous soyons. Mais je ne veux pas de cette vie-là pour mon enfant. Ce qui me faisait très envie quand j'étais petite, c'était une maison. Un endroit dont j'étais sûre que c'était chez nous. Un endroit où je savais que je pourrais revenir.

Lazaro resta silencieux.

Il ne se sentait jamais en phase avec personne mais, avec elle, les mots sonnaient différemment. Ils touchaient une corde sensible. Petit, il lui arrivait de rester des heures dehors, épiant ce qui se passait à l'intérieur des belles maisons où vivaient sa mère, son père, ses demi-frères et sœurs, enviant la chance qu'ils avaient d'avoir des racines – une chose qui leur semblait certainement normale. De cette envie était née sa volonté de réussir coûte que coûte. Son ambition dévorante. Il y arriverait et *les autres* seraient bien forcés de l'accepter.

Sans même s'en rendre compte, il soupira.

Quelle drôle de coïncidence que Skye ait connu le même genre d'expérience que lui ! Elle non plus n'avait pas eu une enfance facile, mais elle n'en voulait à personne. Ni vengeance, ni ressentiment, elle souhaitait seulement faire autrement pour son propre enfant.

Almuneda frappa à la porte, ramenant Lazaro sur terre.

— Le dîner est servi.

— Je t'en prie, dit-il en montrant la porte.

6.

L'irruption d'Almuneda soulagea Skye qui craignait que Lazaro poursuive son interrogatoire, qu'elle considérait comme inquisiteur. Elle s'empressa donc d'aller sur la terrasse où la table était dressée. Nappe blanche, argenterie, bougies, le décor était en place pour un tête-à-tête romantique… Si ce n'est que Lazaro, jusqu'à preuve du contraire, n'était pas du genre sentimental.

Une idée en amenant une autre, elle se demanda comment il se comportait avec sa fiancée et lui demanda tout à trac :

— Au fait, as-tu pu parler avec Leonora ?

— Pourquoi ?

— Parce que j'ai mauvaise conscience. Elle doit m'en vouloir terriblement.

Lazaro prit son téléphone et, après quelques secondes, le lui tendit. Elle lut tout bas :

« Gabriel Ortega Cruz y Torres épouse Leonora Flores de la Vega. La cérémonie a été célébrée dans l'intimité dans la propriété de la famille à Madrid en présence d'invités triés sur le volet. »

— Ça alors ! Ils sont mariés ? Ce n'est pas possible ! s'exclama Skye. Elle sait que Gabriel Torres est ton demi-frère ?

Comme à son habitude, il demeura impassible. En

apparence seulement car elle vit sa joue se creuser, un tic qui trahissait une certaine nervosité.

— À peine. Il ne le reconnaît pas lui-même. Je ne pensais quand même pas qu'il irait jusque-là pour me narguer.

— Il l'aime peut-être vraiment ?

— Tu plaisantes ! Les gens comme Leonora et lui ignorent ce qu'*aimer* veut dire. C'est un mot qui n'a pas cours dans leur monde. Ils naviguent dans les mêmes eaux. Elle a besoin d'argent. Je suis convaincu que c'est un arrangement entre eux.

Almuneda arriva avec l'entrée qu'elle posa sur la table.

— J'adore les asperges ! dit Skye les dévorant déjà des yeux.

— Alors, sers-toi.

Un verre de vin à la main, Lazaro la regarda.

— Tu fais plaisir à voir, dit-il. Tu as l'air de tellement te régaler…

— J'ai appris à apprécier tout ce qui se présente. Avec ma mère, il pouvait se passer beaucoup de temps entre deux repas. S'il lui prenait brusquement l'idée de sauter dans un train de Paris à Prague ou Berlin… on se passait de déjeuner ou de dîner.

— J'admire ton indulgence. Comment peux-tu être aussi peu… cynique ?

Elle haussa les épaules en souriant.

— Ma mère était un peu candide. Elle faisait confiance aux gens. Trop confiance, sans doute, mais nous n'avons jamais fait de mauvaises expériences. Les gens ont toujours été bienveillants envers nous, envers moi. Et ma mère m'aimait, ça j'en suis sûre. Elle aurait fait n'importe quoi pour moi.

— Sauf arrêter de déménager.

Surprise – il l'avait bien écoutée —, mais blessée par la critique, elle le regarda.

— Oui, sauf ça. À dix-sept ans, j'étais à Londres et je travaillais dans un salon de coiffure quand elle m'a annoncé que nous allions encore déménager. Je lui ai répondu que je ne bougerais pas. Je gagnais ma vie, j'ai pris un appartement en colocation. Cela a été la fin de mon errance forcée.

— Si je comprends bien, tu dessines et tu sais aussi couper les cheveux.

— Ça peut servir !

Elle sourit. Ce n'était sûrement pas le genre de conversation qu'il avait avec Leonora !

— Qui était l'artiste dans ta famille ?

— Certainement pas maman. Papa, peut-être ?

À quatorze, quinze ans, il adorait entrer dans les galeries et pouvait rester des heures devant un tableau. Il imaginait bien Skye faisant la même chose. Pour des raisons différentes, tous les deux avaient vécu un peu en marge, ce qui ne semblait pas avoir entamé la bienveillance de Skye, ni excité en elle l'envie d'obtenir ce à quoi elle avait droit de par sa naissance et qu'elle n'avait pas eu.

— Ton père est peut-être milliardaire ?

— Peut-être, mais il peut aussi bien être clochard... Ou mort.

— On dirait que tu t'en fiches ?

— Je ne dis pas que je n'aimerais pas savoir qui il est... ni lui parler. En revanche, ce qu'il possède ne m'intéresse pas. Ce qui compte à mes yeux, ce n'est pas ce qu'on voit mais ce qu'il y a derrière les apparences.

Il aurait pu penser que c'était une critique qui le visait mais elle le disait si gentiment que cela ne pouvait pas s'adresser à lui.

Ils attaquèrent la paella qu'Almuneda venait d'apporter.

— Je te souhaite de voir un jour le monde d'un œil moins cynique, déclara-t-elle.

Il ne répondit rien et la regarda manger. Il n'y avait aucune chance pour qu'il voie le monde d'un autre œil.

Ils finirent de déjeuner en silence et burent leur café. Almuneda desservit et s'en alla. Lazaro posa sa serviette et dit :

— Il faut que nous parlions sérieusement.

— D'accord. Je sais que tu n'aimes pas le quartier de Dublin où j'habite…

— Tu ne retournes pas à Dublin.

— Que proposes-tu, alors ? Que je reste ici… à *ta* disposition ?

— Tu n'es pas quelqu'un qui reste à la disposition de qui que ce soit, Skye. Ne parle pas de toi comme cela, tu te mésestimes.

Sans la rassurer, sa réponse la calma un instant.

— Alors, que proposes-tu ?

Il se leva, marcha jusqu'au muret qui séparait la terrasse de la pelouse et se retourna. Fascinée par sa silhouette, elle ne le quittait pas des yeux.

— Ce que je propose ? C'est que nous nous mariions. C'est la seule solution.

Elle ne réagit pas sur-le-champ mais, lorsqu'elle réalisa vraiment ce qu'il venait de suggérer, elle bondit.

— Parce que nous… avons fait l'amour ?

— Parce que tu es enceinte. Et jusqu'à preuve du contraire, tout le monde croira que je suis le père.

— Tu ne le crois toujours pas toi-même !

Elle le vit serrer les dents.

— Je suis comme saint Thomas, je veux des preuves.

À son tour, elle s'approcha du muret, mais garda ses distances avec lui.

— Je ne t'épouserai pas, Lazaro. Tu te fais des illusions.

— Ah ? Vraiment ?

Son ton, presque menaçant, la glaça.

— Je ne veux pas que la presse fasse des gorges chaudes de moi. De nous. Je serai cloué au pilori. *Le milliardaire ignore sa maîtresse enceinte*... J'imagine déjà les titres de la presse à scandale.

— Mais... Je ne suis pas ta maîtresse !

Si elle ne s'était pas retrouvée enceinte, elle ne serait déjà plus rien pour lui, qu'une petite aventure sans lendemain dont il ne se souviendrait même pas aujourd'hui. Rien de sérieux. Cela faisait mal.

— En tout cas, nous n'avons pas de raison de nous marier.

Il croisa les bras.

— Tu crois cela ? Tu ne comprends donc pas que tout le monde, ici, en Espagne, a maintenant les yeux braqués sur toi ? Ne crois pas que tu vas t'évaporer comme ça ! Sûrement pas. Pas tant que les gens croiront que tu es la mère de mon enfant.

— Je dirai que c'est un mensonge. Que j'ai tout inventé. Pour te soutirer de l'argent... Ou par jalousie envers ta fiancée.

— C'est trop tard. Nous n'avons pas d'autre choix aujourd'hui, nous devons nous marier. Et le plus vite possible. Dans le courant de la semaine prochaine.

Sentant qu'elle vacillait, Skye s'appuya au muret.

— Est-ce parce que ton demi-frère et ton ex se marient ? Pour les narguer ?

— Pas du tout. Je l'avais décidé avant de l'apprendre.

— Et si je refuse ? Tu ne vas quand même pas m'obliger à t'épouser ! Et puis il faut un certain délai pour se marier. Il faut publier les bans en mairie.

— Pour le délai, ne t'inquiète pas. J'ai les contacts qu'il faut. En ce qui concerne le fait de se marier, c'est toi-même qui as dit que tu voulais une vie *normale* pour ton bébé. Je n'invente rien. Quant à moi, je n'abandonnerai pas mon enfant.

Il avait raison. Elle n'avait cessé de répéter qu'elle offrirait à son enfant une vie différente de la sienne, plus stable, plus rassurante. Et un père.

— Ce que j'envisage, poursuivit-il, c'est que nous nous mariions et que nous restions ensemble pendant cinq ans, le temps que toi et le bébé soyez installés dans la vie. Puis nous nous séparerons, à l'amiable, et nous mettrons sur pied un calendrier pour les gardes alternées. Je serai en permanence dans sa vie et il ou elle saura qui est son père. Mon père m'a toujours traité comme un bâtard, une espèce de chien galeux. Je suis comme toi, je ne veux pas de ça pour mon enfant.

Il scruta son visage.

— Tu devais t'attendre à ça en venant m'annoncer que tu étais enceinte. Je te conseille de réfléchir à ce que je viens de te dire. Tu me feras tes commentaires demain matin. Mais tu sais aussi bien que moi que c'est la seule formule.

Sur ces mots, il partit, la plantant là, abasourdie. Contrairement à ce qu'il pensait, elle n'avait aucune arrière-pensée en venant à Madrid. Elle n'avait même pas imaginé, pas une seule seconde, qu'il aurait encore envie d'elle… Même si elle en avait rêvé en secret.

Elle se retourna pour regarder le paysage mais sa vue était brouillée tant les images qui défilaient devant ses yeux étaient puissantes. Lazaro et sa silhouette de torero aux hanches plates et aux larges épaules, leur rencontre, leur nuit d'amour torride… Lazaro et sa fiancée, leurs fiançailles rompues et sa colère froide, et, maintenant, cet ultimatum.

Parce que c'était un ultimatum.

Elle frissonna. Elle connaissait plusieurs facettes du personnage mais celle-ci, la dernière, était la bonne. Il n'était qu'un milliardaire seulement soucieux de sa réputation et de ses affaires. Skye et le bébé ne viendraient jamais qu'en seconde position. S'il avait épousé Leonora, se dit Skye, il aurait probablement agi de la même façon avec elle. Le problème, ce n'était donc pas elle, mais lui. Par chance, elle ne lui avait pas tout dit de ses rêves et de ses aspirations même si elle avait déjà trop parlé.

La nuit à venir serait rude, elle le sentait. Non pas parce qu'elle ne savait pas que faire, mais parce qu'elle n'avait pas le choix.

Entendant des pas, Lazaro leva le nez de sa tablette. Après une nuit quelque peu agitée, il prenait son petit déjeuner sur la terrasse. C'était Skye, très pâle et apparemment tendue, qui arrivait.

— Viens t'asseoir, lui dit-il.

Après sa douche, elle n'avait pas attaché ses cheveux qui lui tombaient sur les épaules. Il l'imagina nue, l'eau ruisselant sur sa peau claire, et il frissonna. Contrarié de constater le pouvoir qu'elle avait sur lui, il pesta tout bas.

— Viens, répéta-t-il comme elle ne bougeait pas.

— C'est d'accord, je me marie ! lança-t-elle alors, avec violence, comme si elle l'insultait.

Étonné mais soulagé, il se leva.

— Viens, je voudrais te donner quelque chose.

Il la précéda dans la maison, alla dans son bureau et ouvrit un coffre dont il sortit une petite boîte.

— Tiens, dit-il. C'est pour toi.

Elle avait accepté. Elle n'en revenait pas !

Sa réponse ne lui avait fait ni chaud ni froid car il n'avait pas changé d'expression. À quoi s'attendait-elle ? À des remerciements ? À des larmes d'émotion ? Elle raisonnait faux. Il l'épousait par obligation, pour sauver sa réputation.

Elle ouvrit l'écrin et en eut le souffle coupé.

Il contenait une bague. Un superbe diamant rose monté sur un anneau en or serti de petits diamants blancs. Superbe. Original. Pas vraiment ce qu'elle se serait attendue à recevoir de la part de quelqu'un comme Lazaro.

Elle adorait.

— Elle est magnifique ! s'extasia-t-elle. Tu savais que j'allais accepter ?

— J'étais préparé… Donne-moi ta main.

Il glissa la bague à son doigt et ne le lâcha pas.

— C'est un symbole, se sentit-il obligé d'expliquer. Rien de plus. Entre nous, c'est physique, tu le sais. Je ne veux pas que tu confondes sexe et sentiments.

Skye dégagea sa main et la cacha derrière son dos.

— Ne t'inquiète pas. J'ai appris à ne m'attacher à personne… Quant à ce qui est d'aimer, j'ai vu le résultat avec ma mère… Elle a passé sa vie à courir après un insaisissable bonheur. Cela m'a guérie à tout jamais !

Il scruta son visage.

— C'est parfait, alors. Nous sommes sur la même longueur d'onde. J'avais peur de te faire de la peine.

Son ton protecteur la mit en colère mais elle n'explosa pas. Au contraire. Très calmement, elle lui répondit de ne pas s'inquiéter pour elle.

— De la peine ? se moqua-t-elle. Il y a belle lurette que plus rien ne me touche. Je suis blindée contre la méchanceté. Toi, en revanche…

Il sourit. Un de ces sourires à faire fondre et qui le rajeunissait… Comme par magie, il avait l'air plus décontracté, plus ouvert. Plus beau, aussi. Bon sang ! S'il riait comme cela chaque fois qu'il la regardait, dorénavant elle ne répondrait plus de rien.

Il lui empoigna le bras et sortit avec elle de son bureau.

— Ne t'inquiète pas pour moi ! rétorqua-t-il.

Sa remarque acheva de la mettre en colère. Que pouvait-elle faire pour le mettre à genoux ? Pour le rabaisser ? Pour faire taire son orgueil et sa suffisance ?

Comme elle aurait aimé, à cet instant, le dominer, un sourire triomphant sur les lèvres !

Sans s'en rendre compte, elle dut sourire car il lui dit :

— Qu'y a-t-il de si drôle ?

Instantanément, elle retrouva son sérieux.

— Rien, répondit-elle à la hâte.

— Allons déjeuner, dit-il. Nous avons beaucoup de choses à voir ensemble.

Deux jours plus tard

De profil devant la psyché, Skye se regardait, entourée d'une armada de femmes qui s'occupaient de la mettre en beauté pour son mariage.

— Vous êtes superbe, Miss O'Hara, dit la coach.

On l'avait coiffée en arrière et parée d'une robe empire qui lui arrivait en dessous des genoux. Elle était enceinte de quatre mois environ maintenant et cela commençait à se voir. Juste un peu. La coach lui fit passer un manteau léger, la regarda de la tête aux pieds et ordonna à son personnel de lui enlever son ensemble de mariage et de le ranger soigneusement en attendant la cérémonie.

— Pour le reste, ajouta-t-elle à l'adresse de Skye, vous verrez. Nous avons prévu des tenues pour toutes les circonstances. Robes du soir, de cocktail, robes de grossesse, lingerie, chaussures, bijoux…

Skye nota, avec satisfaction, qu'il y avait aussi des jeans, ce qui lui permettrait de rester ce qu'elle était.

— Je vous emmène maintenant en ville où vous avez rendez-vous chez l'esthéticienne et le coiffeur.

À la fin de l'après-midi, fatiguée par tous ces soins qu'elle jugeait superflus, Skye repensa à la question de Lazaro, ce matin.

Pourquoi lui avait-elle dit oui ?

Pour que son enfant ait un père, un nom et sache d'où il vient, avait-elle répondu, et c'était la vérité. Ce qui était nouveau, c'était l'émotion qui avait accompagné sa réponse. Cela faisait tellement longtemps qu'elle se demandait qui était son père, ce qu'il faisait, comment il s'appelait… qu'elle se croyait *blindée*, comme elle l'avait dit à Lazaro au petit déjeuner.

Ne pas connaître sa lignée, était-ce une blessure qui ne guérissait jamais ?

Lazaro resta coi de stupeur en voyant Skye revenir de chez le coiffeur. Il allait tous les bluffer avec une épouse pareille !

— Te revoilà ! dit-il essayant de ne pas montrer son étonnement.

— Oui, comme tu vois !

Elle prit la pose.

— Mon nouveau look te plaît ?

Il n'en était pas certain. Bien sûr, elle était belle mais sa nouvelle apparence le déconcertait un peu.

Instinctivement, il tendit la main vers son visage et ébouriffa ses cheveux.

Et ses taches de rousseur ? Qu'avait-elle fait de ses mignonnes taches de rousseur ? Elle les avait cachées sous une couche de fond de teint alors qu'il les adorait…

— Tu es belle.

Au lieu d'être flattée par le compliment, elle baissa la tête, regrettant sa question.

— Ce nouveau look, ce n'est pas moi, dit-elle.

Il ne releva pas et changea de sujet.

— J'ai reçu une copie de notre contrat de mariage. Si tu veux y jeter un coup d'œil, il est dans mon bureau. Suis-moi.

Ils longèrent un couloir jusqu'à une porte où il s'effaça pour la laisser passer.

— Assieds-toi. Veux-tu boire quelque chose ?

— De l'eau. Merci.

Des documents étaient étalés sur la table. Elle en prit un et lut tout bas.

Contrat entre… Skye Blossom O'Hara… Lazaro Sanchez. Un accord est signé pour un mariage d'une durée minimum de cinq ans… ou plus, après accord mutuel des deux parties.

Il y avait un paragraphe sur la garde de l'enfant si un divorce intervenait. Un autre sur les conditions financières en cas de séparation. Skye en resta bouche bée.

Voyant sa surprise, Lazaro, qui faisait les cent pas devant la fenêtre, s'arrêta.

— Qu'y a-t-il ?

Elle lui montra la page avec les chiffres.

— C'est insuffisant ?

— C'est obscène !

— Eh bien voilà ! Tu montres enfin ton vrai visage !

Vexée, elle bondit.

— Comment oses-tu ? Si c'est ce que tu penses de moi, je… je…

Sous le coup de l'émotion, elle continua de bafouiller.

— C'est exactement le contraire ! C'est… beaucoup trop ! Je suis choquée. Tu sais ce que la plupart des gens ont pour vivre, par jour…

Il pensa d'abord qu'elle mentait mais ravala son cynisme habituel avant de lui répondre.

— Qu'est-ce que tu crois ? Evidemment que je le sais. J'ai vécu avec bien moins que ça pendant des années.

— Oh pardon, j'avais oublié, dit-elle, penaude. Quoi qu'il en soit, c'est beaucoup trop pour moi, je ne veux pas vivre à tes crochets.

— Mais tu n'es pas seule, il y a notre enfant.

Soudain, elle se prit à regretter que Lazaro entre dans sa vie. Qu'il *s'impose* dans sa vie. Être seule avec l'enfant qu'elle portait lui irait finalement très bien.

— Même pour nous deux, c'est trop, insista-t-elle.

— On verra cela, dit-il. Autre chose ?

— Non, tout est clair. Tu as un crayon pour signer ?

Il lui tendit un stylo, elle signa sans même regarder le reste du document.

— C'est tout ?

— Tu es si pressée de t'en aller ?

Elle crut percevoir un semblant d'émotion dans sa voix mais se ravisa, elle se trompait sûrement. Lazaro Sanchez était incapable d'émotions.

Non seulement c'était dommage, mais quel gâchis !

Ils avaient tant de choses en commun et elle avait tant envie de lui, de se jeter à son cou et de le supplier de lui faire l'amour ! Mais c'était impossible, elle ne pouvait pas faire cela.

— Je vais remonter finir le portrait du vieux monsieur, dit-elle. Je l'ai commencé, il faut que je le termine. J'ai promis à sa fille qu'elle l'aurait avant le week-end.

Comme il ne disait rien, elle crut qu'il allait lui interdire de le continuer.

— Je pars pour Madrid tout à l'heure. Je reviendrai pour le mariage. La styliste et son équipe t'aideront à te préparer. Après la réception, nous nous envolerons pour Venise. J'ai des affaires à régler là-bas. Comme cela, je ferai d'une pierre deux coups. Affaires et voyage de noces.

Elle commença à paniquer. Comment pouvait-elle

être dans un endroit aussi beau avec un homme aussi toxique ?

— Mais c'est un mariage pour rire ! lui lança-t-elle. Je dois vraiment partir en voyage de noces avec toi ?

C'était la première fois que Lazaro fréquentait une femme qui ne pensait qu'à le fuir. Les autres, au contraire, s'accrochaient à ses basques. Le fait qu'elle préfère monter finir le portrait du vieil homme plutôt que… Que quoi ? Rester avec lui ?

Sans réfléchir, il empoigna Skye et la serra contre lui. Remarquant ses joues rouges et ses pupilles dilatées, il dit :

— Tu as envie de moi ? Dis-le !

Elle n'hésita pas.

— Oui, tu le sais.

La robe en soie qu'elle portait était si mince et si fluide qu'elle semblait nue. Excité par ce corps plaqué contre lui, il baissa la tête et happa ses lèvres. Elle ne résista pas. Au contraire. Elle entrouvrit la bouche et le laissa la savourer.

Brusquement il recula, rompant le charme. Il la regarda et vit qu'elle ne rouvrait pas tout de suite les yeux. Avait-il réussi à l'emmener dans un autre monde ?

Elle finit par revenir à elle et le fixa.

— Ce n'est pas un mariage d'opérette, Skye. C'est un vrai mariage, dans tous les sens du terme. Crois-moi.

Peut-être, mais un mariage sans sentiment, pensa-t-elle.

Elle le détestait. Parce qu'elle avait trop envie de lui. Parce qu'elle aimait ses baisers, ses caresses, ses yeux qui se voilaient quand il la serrait contre lui. Parce qu'elle adorait son corps.

À contrecœur, elle se dégagea de ses bras.

— Bien, je monte, dit-elle. Le portrait m'attend.

Il resta impassible.
— On se voit samedi, Skye.
Elle tourna les talons et disparut, honteuse de s'être laissée aller.

7.

Le mariage

— *Muy bonita, señorita.*

Skye remercia Almuneda d'un sourire. L'esthéticienne, le coiffeur et les autres étaient maintenant partis et une voiture l'attendait pour l'emmener à la mairie où elle devait retrouver Lazaro.

Quelques jours plus tôt, elle se lamentait parce qu'il était parti en la laissant et, maintenant, elle angoissait à la pensée de le revoir. Elle aurait aimé que le trajet en voiture dure plus longtemps pour retarder l'instant de leurs retrouvailles. Elle ne se sentait pas prête pour le bouleversement qui allait s'opérer dans sa vie. Pas prête à abandonner ce qu'elle aimait.

La voiture s'arrêta doucement devant la mairie et une femme s'approcha pour ouvrir la portière.

— Bonjour, je suis l'assistante de Lazaro. Je suis l'un des témoins.

Instable sur ses talons hauts, Skye descendit de voiture et commença à monter les marches.

— Il est là ? Il attend ?

— Oui.

Dorénavant, il n'y avait plus de retour en arrière possible.

Lazaro sentit qu'elle arrivait. Il ne se retourna pas pour le vérifier, quelque chose en lui l'avait prévenu.

Depuis la veille, depuis l'échange téléphonique qu'il avait eu avec son demi-frère Gabriel Torres, il était crispé.

— Je t'avais sous-estimé, Sanchez, lui avait-il dit. Personne ne se faisait d'illusion sur le but que tu recherchais en épousant Leonora Flores. Mais le fait que tu épouses la prétendue mère de ton enfant montre que tu as du cran. Je suppose que tu n'as pas pu faire autrement ? Elle ne s'est pas laissé acheter.

Lazaro avait été surpris par la rage que les propos de son frère avaient éveillée en lui. Il s'était contrôlé, non sans mal, et lui avait répondu que tout et tout le monde n'étaient pas à vendre.

— Mon projet pour le vieux marché du centre de Madrid est bien mieux ficelé que le tien, avait poursuivi Lazaro. Cette ville me tient à cœur. Je ne suis pas certain que tu puisses en dire autant.

Gabriel l'avait mal pris.

— Tu t'intéresses à ce marché, uniquement pour me nuire, Sanchez. Tu prétends que nous sommes parents ! Foutaises ! La honte dans cette histoire, c'est que tu as fait une victime, Leonora.

Lazaro avait serré les poings pour ne pas exploser.

— Ma prétention, comme tu l'appelles, est fondée, Gabriel, mais elle n'est pas intéressée. Je ne veux rien de toi, ni de ta famille, sauf être reconnu. Penses-tu que je vais croire que ton mariage avec Leonora n'est pas stratégique ? C'est une femme bien, Gabriel. Tu ne dois pas l'utiliser dans le seul but de me provoquer.

Gabriel avait botté en touche.

— Elle est à sa place où elle est, et elle y est bien.

Le regard perdu au loin, Skye tenait un petit bouquet qu'on aurait dit tout frais cueilli dans un jardin. De jolies fleurs toutes simples, nouées par un lien de satin blanc, qu'elle tenait serrées dans sa main.

Machinalement, Lazaro posa la main sur la sienne. Elle le regarda, rougit mais resta grave. Elle était émue.

Ils entrèrent dans la salle des mariages. L'officiant lut leurs obligations et les déclara très vite *mari et femme*.

— Vous pouvez embrasser votre femme, *señor* Sanchez.

Lazaro prit le menton de Skye mais sentit qu'elle résistait.

— Est-ce bien utile ? murmura-t-elle. Devant tous ces gens ?

— Oui.

Contrarié, il la prit par la taille et la serra contre lui puis il baissa la tête et l'embrassa, savourant en secret l'extrême douceur de ses lèvres.

Quand il se redressa, Skye le regardait durement. Ses yeux brillaient comme des étoiles.

— Qu'est-ce qui ne va pas ? dit-il prenant sa main pour sortir de la mairie.

— Rien.

— Attention, reprit-il. Il va y avoir des photographes dehors. Tiens-toi prête.

Elle esquissa un pauvre sourire. Elle n'avait pas le choix. Elle allait devoir s'habituer à être harcelée par la presse.

Ils sortirent. Aveuglée par le soleil, elle s'accrocha à Lazaro. Des voix les interpellaient.

— Lazaro… Skye… Ici… Encore une… *Una màs*…

Dans cette cacophonie, Lazaro entendit quelqu'un l'appeler.

— Hé, Sanchez, ça vous fait quoi de voir Gabriel Torres épouser votre ex ?

— Ma femme et moi leur souhaitons beaucoup de bonheur, répondit-il.

Ma femme et moi, entendit Skye. Comme s'ils ne faisaient qu'un…

La vitesse avec laquelle Lazaro semblait avoir intégré son nouveau statut d'homme marié étonnait Skye. Non seulement il abandonnait sa liberté de célibataire mais il épousait une femme avec laquelle il ne se serait sûrement pas marié en d'autres circonstances. Cela confirmait ce qu'elle pensait de lui : il n'était que façade. Il sauvait les apparences.

Sans lâcher sa main, il descendit avec elle vers la superbe limousine garée en bas des marches et l'aida à monter à bord. La voiture démarra et se faufila dans la circulation.

— Ça va ? demanda Lazaro en la regardant.

— Ça va, mentit-elle.

— Après le déjeuner, nous partons pour Venise. J'ai demandé qu'on prépare tes bagages.

Exaspérée, elle explosa.

— Ça va tout le temps être comme ça, maintenant ? Tu vas décider de tout sans me demander mon avis ?

Comme s'il ne l'avait pas entendue, il continua.

— Tu le sais, je suis très occupé. Je voyage dans le monde entier. Je compte t'emmener au début mais, après la naissance du bébé, ça ne sera plus possible. J'ai donc choisi de t'installer, avec l'enfant, dans un appartement en dehors de la ville. Je garde mon loft à l'hôtel pour les jours où j'aurai à sortir tard le soir.

Skye ne pipa mot, mais imagina aussitôt la scène : Monsieur dans son loft, sur son canapé, entouré de femmes plus sexy les unes que les autres, tandis qu'elle se morfondait dans sa banlieue résidentielle… Un éteignoir.

Non, elle ne voulait pas de ça !

Aiguillonnée par la jalousie, elle se tourna vers lui.

— Je refuse d'être traitée comme un objet à ta disposition, Lazaro. Je préfère retourner à Dublin, dans ces conditions.

— Dans ton trou à rats tout moisi ? Comme serveuse ? En faisant des portraits pour arrondir tes fins de mois ?

Elle protesta.

— Au moins, je serai indépendante ! Je ne serai pas ta chose, tu m'entends ?

— Je suis ton mari, Skye, pas ta mère. Nous sommes partenaires.

De peur de dire des choses qu'elle risquerait de regretter, elle ne répliqua pas.

Ils ne se dirent pas un mot de tout le déjeuner. Le dessert avalé, elle monta se changer dans sa chambre. Le personnel lui avait préparé une tenue pour le voyage, et ses bagages.

Avant de descendre rejoindre Lazaro, elle regarda son bouquet de mariée. Les fleurs étaient déjà fanées. Elle y vit un mauvais présage et retint ses larmes.

Lazaro l'attendait en bas. Impatient, il regardait sa montre. Lui aussi s'était changé et, comme toujours, il était séduisant dans un costume gris clair et une chemise à col ouvert. Il avait dû se passer la main dans les cheveux – agacé qu'elle le fasse attendre, sans doute – car il était décoiffé. La décontraction, du moins vestimentaire, lui allait bien. Comme chaque fois qu'elle le voyait, elle frissonna.

Non, non et non ! Puisqu'il ne l'aimait pas, il ne fallait pas qu'elle le voie avec ces yeux-là, des yeux d'amoureuse transie.

Bon sang ! Quand parviendrait-elle à se mettre cela dans la tête ?

Il s'avança et lui prit la main. Malgré elle, elle frissonna de nouveau. Sa main était grande et chaude, la sienne toute petite sous ses doigts. Bêtement, elle se sentait protégée quand il la tenait. Il avait dû l'ensorceler…

— Tu es prête ?

Angoissée, elle plaqua la main sur son cœur. Elle n'avait qu'une envie, lui dire *non*, se dégager, remonter dans sa chambre, se débarrasser de ces vêtements neufs et de ce maquillage qui la faisaient ressembler à une bimbo et grimper tout là-haut, dans la pièce vide qui lui servait d'atelier et dessiner, dessiner, dessiner jusqu'à recouvrer son calme.

Evidemment, elle ne pouvait pas faire ça. Alors, hochant la tête, elle répondit d'un air absent :

— Je suis prête.

Elle avait dormi pendant tout le vol vers Venise. De fatigue et, aussi, pour oublier qu'elle était maintenant mariée. C'est Lazaro qui l'avait réveillée quand l'avion s'était posé.

Elle était tout à fait alerte maintenant, assise à côté de lui dans un vaporetto, et ils filaient sur le Grand Canal. Émerveillée par les palais qui défilaient, elle se leva.

— C'est la première fois que tu viens à Venise ?

Elle hocha la tête.

— J'ai habité ici avec ma mère pendant six mois. J'en garde le souvenir d'une ville de conte de fées. Je m'étais toujours promis de revenir.

— Tu parles l'italien alors ?

Elle nota une drôle d'intonation dans sa voix.

— Je me débrouille.

Il s'était levé à son tour et le vent le décoiffait. Ils se regardèrent. Lazaro enroula une mèche de ses cheveux roux autour de son doigt et rapprocha son visage du sien.

— À part l'italien, tu connais d'autres langues ?

— Oui, un peu de français, du grec et même de l'arabe.

J'ai vécu deux mois au Caire quand j'avais douze ans. On apprend vite à cet âge-là.

Le vaporetto ralentit et accosta devant un splendide palais. Ils descendirent, montèrent les marches et entrèrent. Un impressionnant lustre en verre de Murano étincelait dans la réception. Le sol était en marbre. C'était sublime et il y faisait délicieusement frais.

Dès qu'il les aperçut, le directeur de l'hôtel se précipita et les escorta jusqu'à l'ascenseur. Étonnée par l'empressement de l'homme, Skye posa la question qui lui brûlait la langue.

— Cet endroit t'appartient, aussi ?

Adossé à la paroi de la cabine, les mains dans les poches, très à l'aise, il semblait chez lui.

— Non, répondit-il. Mais je suis en pourparlers pour faire son acquisition. C'est pourquoi je suis ici.

Les portes coulissèrent et ils sortirent dans une pièce grandiose, comme elle n'en avait jamais vu. Magnifique parquet couvert de tapis d'Orient. Lustres en verre de Murano, fresques au plafond, trois immenses portes-fenêtres qui ouvraient sur un balcon donnant sur le Grand Canal. Elle s'y dirigea aussitôt, s'étonnant de l'incroyable activité déployée sur le canal.

— Ça te plaît ? demanda-t-il. C'est vrai que c'est spectaculaire.

— C'est fascinant. Mais pourquoi veux-tu acheter ce palais ?

— Parce que j'en ai les moyens. Et que ce palais sera un plus dans mon portefeuille.

Il rentra dans la pièce et l'interpella.

— Je te sers un jus de fruits ? De l'eau ?

Elle rentra à son tour et ôta ses chaussures avant de s'enfoncer dans un des canapés moelleux, les jambes repliées sous elle.

— De l'eau gazeuse, s'il te plaît.

Il lui versa un verre et, un whisky à la main, s'assit à l'autre bout du canapé. Détendu, il allongea le bras sur le dossier du siège, ce qui tendit sa chemise sur son buste.

Troublée, Skye se fit violence pour ne pas se précipiter sur lui et défaire ses boutons. Elle avait envie de revoir cette poitrine nue, envie de l'admirer, de glisser les doigts dans son duvet.

Regarder son visage ne lui suffisait pas. Elle voulait plus. Beaucoup plus. En dépit de tout.

C'étaient sûrement ses hormones qui lui jouaient un tour.

— On dirait que tu n'es pas impressionnée ?

Etonnée, elle l'interrogea du regard.

— Que je sois sur le point d'acquérir le palazzo le plus prestigieux peut-être de Venise…

Sa vanité la surprit.

— Inutile de te dire que lorsque j'ai vécu ici avec maman, nous habitions loin du Grand Canal, dans un quartier sans charme. Je rêvais de prendre un vaporetto et de descendre dans un de ces palais, comme s'il m'avait appartenu. C'était un rêve de petite fille. En fait, je m'en moque un peu. Je ne dis pas que je n'apprécie pas d'être ici, mais…

Elle laissa sa phrase en suspens.

— Il n'y a pas de mais, Skye. Ce sera ta réalité dorénavant.

Elle se leva sans rien dire et alla sur le balcon où il la suivit.

— Regarde-moi. Qu'y a-t-il ?

— Rien. Enfin, si… Je pense à Leonora. Tu devais la désirer… C'est elle qui devrait être ici. Dans tout ce luxe. Pas moi.

Skye l'ignorait, mais elle se trompait.

— Non, je ne la désirais pas. Pourquoi crois-tu que j'aie rompu si facilement ?

À cet instant, il prit conscience qu'une rupture avec

Skye aurait été beaucoup plus douloureuse. Qu'il le veuille ou non, il l'avait dans la peau et avait en permanence envie d'elle.

Mais il n'y avait pas que le sexe. Son enthousiasme quand ils étaient arrivés à Venise l'avait rasséréné. On aurait dit qu'elle découvrait cette merveilleuse cité et il avait été presque jaloux qu'elle l'ait déjà visitée sans lui.

— Tu veux dire que tu n'as jamais…

— Non, je n'ai jamais couché avec elle. Et je ne voulais pas l'épouser parce que je la désirais. Le désir complique trop la vie.

Il vit son visage se fermer.

— Avec toi, dit-il lui relevant le menton, c'est une complication qui me plaît.

Il hocha la tête.

— Allez ! Assez bavardé comme ça. Nous sommes mari et femme, maintenant. Nous avons mieux à faire…

Il l'attira à lui, et la sentit trembler. Alors, n'écoutant que son désir, il se pencha sur elle et prit sa bouche. Passionnément.

Il n'avait pas couché avec Leonora. Skye sourit : cette nouvelle lui plaisait. C'était elle que Lazaro désirait. Elle le sentait dans son baiser. Il était fougueux, passionné.

Encouragée par l'ardeur qu'il mettait à l'embrasser, elle s'enhardit, passa les bras autour de son cou et répondit à son baiser avec la même flamme. C'était si bon !

Soudain, il la prit dans ses bras et l'emmena dans sa chambre. Elle fit alors ce qu'elle rêvait de faire tout à l'heure : elle défit ses boutons et ouvrit sa chemise. Sa peau était tiède et douce.

— Toi, dit-il brusquement. Je veux te voir, toi.

Il passa derrière elle, défit sa fermeture Éclair et fit glisser sa robe à terre. Se retrouvant à demi nue devant lui avec son ventre rond, elle croisa les bras sur elle pour se cacher un peu.

Il revint devant elle, lui releva le menton et la regarda, lentement, de haut en bas.

— Tu es très belle, Skye.

Elle baissa de nouveau la tête mais la releva aussitôt et dégrafa son soutien-gorge.

Lazaro retint son souffle.

Ses seins avaient grossi, ils étaient plus pleins. Il les prit dans ses mains, en caressa les pointes qui se dressaient sous ses doigts.

Elle se mordit les lèvres pour ne pas gémir de plaisir. C'était sa plus grande crainte : ne pouvoir s'empêcher de crier son bonheur.

Quand il la souleva et la déposa sur le lit, elle retint son souffle et le regarda se déshabiller. Une fois nu, il resta debout devant elle, près du lit, sans comprendre qu'il la tétanisait.

Il était terriblement viril, dans sa splendide nudité. Dans aucun musée, dans aucune galerie, jamais, elle n'avait vu statues ou peintures d'hommes aussi majestueux. Il ne cherchait pas à cacher qu'il la désirait avec force. Au contraire. Il semblait fier d'exhiber le pouvoir insensé qu'elle avait sur lui.

Il s'approcha encore plus près et, les yeux fixés sur son ventre, s'allongea sur elle. Comme elle gémissait, il se releva sur les coudes.

— Non, reviens…

Il se rallongea et la caressa. Ses mains étaient partout sur sa peau. Comme jamais, elle avait envie de lui, qu'il la prenne, la pénètre et lui dise qu'il l'aimait.

Doucement, il se releva, s'agenouilla entre ses jambes et embrassa l'intérieur de ses cuisses, puis plus haut, et encore plus haut… Jusqu'au cœur moite de son désir.

Quand elle sentit sa langue, sur ses plis lisses et

tendres, elle se cambra. Elle le voulait en elle, elle ne pouvait plus attendre…

Elle n'attendit pas. Tendue comme un arc, offerte, elle se rendit au plaisir qui la submergeait comme une lame de fond.

Quand elle rouvrit les yeux, Lazaro se tenait au-dessus d'elle et se penchait pour écarter les mèches rousses qui lui barraient le front. Il haletait… à la fois assouvi et affamé de plus.

— Ça va ? lui demanda-t-il.

Incapable de parler, elle hocha la tête.

— Tu es prête ?

Elle hocha de nouveau la tête.

Donnant un coup de reins, il glissa en elle, profondément, puis se mit à aller et venir, de plus en plus vite.

Il rejeta la tête en arrière, se cambra, et sentit se resserrer autour de lui ses muscles intimes. Il commença alors à trembler de tout son corps, terrassé par un plaisir qui balaya tout sur son passage et, ensemble, ils jouirent dans un même cri.

8.

C'est la corne d'un bateau sur le Grand Canal qui sortit Skye de ses songes. Elle regarda autour d'elle et, en l'air, le plafond à caissons avec ses fresques dignes de Michel-Ange.

Lazaro n'était plus dans le lit mais son oreiller portait encore la marque en creux de sa tête. Le ciel, dehors, était couleur lavande.

Entendant un bruit, elle leva les yeux. Lazaro entrait, en pantalon noir et chemise blanche. Il avait pris une douche et ses cheveux étaient encore mouillés.

Il leva les mains.

— Tu pourrais m'aider à attacher mes boutons de manchettes ? On part dans trois quarts d'heure.

— Il faut que je me prépare, alors ? Je vais me doucher.

Elle lui attacha ses boutons de manchettes et disparut dans la salle de bains. Il y avait de la place pour deux dans la douche. Ce qu'elle imagina la fit rougir… Pour chasser cette image, elle pensa à la soirée qui l'attendait, sa première apparition en public avec Lazaro, en tant qu'épouse.

Quand elle revint dans la chambre, elle trouva sur le lit une robe qu'elle avait essayée en Espagne et qui lui avait plu. En soie couleur champagne, manches longues et col montant, et entièrement rebrodée de perles de nacre et de cristaux Zwarovski, elle était sublime.

Après avoir frappé, une personne passa la tête à la porte.

— Madame Sanchez, votre mari dit que vous avez peut-être besoin d'aide.

Votre mari. Elle détestait ces deux mots autant qu'elle les aimait. Ils sonnaient la fin d'une indépendance qu'elle revendiquait à cor et à cri.

— Oui, merci.

La jeune personne entra, souriante, charmante.

Très bas, comme si elle conspirait, elle dit à Skye qu'elle avait reçu l'ordre de ne pas raidir ses cheveux.

— Tant mieux, rétorqua Skye, ravie.

Après quelques secondes, son visage s'assombrit. Qu'il l'aime naturelle ne signifiait rien. Rien du tout.

La jeune fille regarda la robe et décréta avec une assurance qui amusa Skye :

— Avec ça, il vous faut des dessous couleur chair.

Toujours très concentré d'habitude quand il s'agissait de négocier un contrat, Lazaro, ce soir, avait la tête complètement ailleurs. Son attention était fixée sur Skye qui se trouvait à quelques mètres de lui, en grande conversation avec une dame âgée.

Quand ils étaient entrés dans le salon de réception, tout à l'heure, main dans la main, tous les yeux s'étaient tournés vers eux. Ceux des hommes s'étaient même attardés sur la silhouette de Skye moulée dans un fourreau, presque provocante, et un accès de jalousie l'avait fait pester intérieurement.

Pour l'heure, elle semblait l'ignorer. Elle parlait, plaisantait, rejetait la tête en arrière et riait aux propos de la vieille dame, attirant les regards des hommes. Il s'apprêtait à la rejoindre quand une voix l'interpella.

— Sanchez… Dites-moi, vous allez vraiment signer pour le Palazzo Rizzoli, demain ?

Lazaro détacha les yeux de sa femme. Il avait presque

oublié qu'il était ici pour affaires. Pour assurer sa place dans ce monde où l'on ricanait derrière son dos en guettant le faux pas qui trahirait ses origines.

Il porta son attention sur celui qui l'interpellait.

Skye sentit tout de suite que Lazaro ne la regardait plus. Un sixième sens, chez elle. Un coup d'œil vers l'endroit où il se trouvait et elle l'aperçut, en grande discussion avec un aréopage d'hommes et de femmes aux airs importants.

Elle soupira. Elle commençait à avoir mal aux pieds et la vieille dame avec laquelle elle bavardait avait dû s'éclipser. Elle était seule maintenant et ne savait que faire.

Les personnes présentes ressemblaient comme des clones à celles qu'elle avait croisées en Espagne, le soir où elle était venue retrouver Lazaro. Chics. Riches. Influentes…

Lazaro avait dû souffrir en évoluant dans ce milieu qui lui avait sûrement fait sentir qu'ils n'étaient pas du même monde. Ce qui était à la fois vrai et faux. Elle comprenait mieux maintenant d'où lui venait cette furieuse envie de réussir.

Mais les épater, se venger ? Quelle satisfaction en tirerait-il ?

Elle posa la main sur son ventre. Comment une mère pouvait-elle infliger un tel sort à son enfant ?

Une pensée en amenant une autre, elle se rappela sa mère. Elle non plus n'avait pas été parfaite, imposant à sa fille ses lubies d'électron libre. Décidément, le rôle de parents ne devait pas être facile !

Lazaro ne prêtant pas attention à elle, elle partit aux toilettes se refaire une beauté. Une femme qui s'y trouvait et se remaquillait se tourna vers elle.

— Ah ah, tomber enceinte ! C'est un truc bien connu

pour ferrer un gros poisson ! Bien joué, *señora* Sanchez, vous avez attrapé le plus gros !

— Pardon ? dit Skye, offusquée.

— Je vous aurais donné le bon Dieu sans confession, ajouta l'élégante. Comme quoi ! Mais dites-moi, le divorce, ce sera quand ? Un an après la naissance ? Deux ans ? Peu vous importe de toute façon, car vous êtes à l'abri pour la vie, n'est-ce pas.

Skye resta sans voix, au bord des larmes. Dans un froissement de soie sauvage, la femme se dirigea vers la porte, puis se retourna.

— Profitez de lui tant que vous le tenez ! Mais je ne donne pas cher de votre mariage… Je le vois tellement peu en père de famille heureux. Et vous ?

Des picotements dans la nuque, Lazaro comprit tout de suite que Skye s'était éclipsée. Un coup d'œil de côté et il aperçut ses cheveux roux. Elle se dirigeait vers les toilettes.

La conversation, qu'il suivait d'une oreille distraite, l'ennuyant à mourir, il s'excusa et s'approcha de la porte des toilettes.

Les minutes passant, il s'impatienta. Que faisait-elle ? Avait-elle un problème ? Le bébé… ?

Il commençait à s'inquiéter vraiment quand elle sortit, livide.

— Ça ne va pas ? Tu es fatiguée ? dit-il en se précipitant.

— Non, non, tout va bien. J'ai mal aux pieds, c'est tout. Je vais chercher une chaise pour m'asseoir.

Il hocha la tête.

— Tu mens, Skye. Tu mens même très mal.

Penaude, elle tenta une excuse mais il ne l'écouta pas.

— Moi aussi je suis fatigué, dit-il. Allons-nous-en !

Ils sortirent. Le bateau de Lazaro, accosté en bas

des marches, les attendait pour les ramener. Le silence régnait maintenant sur le Grand Canal et ils savouraient le calme retrouvé.

— À quoi penses-tu ? lui demanda Lazaro.

Elle le regarda puis, gênée, détourna les yeux. La lune voilait son visage d'une lumière laiteuse.

— Je me demande qui vit dans ces demeures. Dans ma vie de nomade, j'ai toujours envié les familles classiques avec des traditions, des rituels…

Lazaro sentit son cœur se serrer.

— Moi, j'ai passé beaucoup de temps à épier ce qu'il se passait chez mes parents… dans leurs familles respectives. Elles vivaient tout près l'une de l'autre, dans le quartier huppé de Madrid. Je les regardais aller et venir dans leurs grandes maisons et me demandais ce que ça devait faire de savoir d'où l'on venait. D'être accepté.

Sans même la regarder, il sentait son regard posé sur lui.

— Ce qu'ils t'ont fait est une honte. Ça n'a pas de nom. Ils ne méritent pas de te connaître.

Elle parlait bas, d'une voix pleine d'émotion. Elle compatissait. C'était la première fois qu'on lui témoignait de l'empathie sauf, peut-être, à une ou deux reprises, Ciro, son grand ami.

Le nœud qui lui étreignait la poitrine se desserra.

C'était déconcertant. Une femme qui ne lui était rien lui manifestait de l'empathie alors que sa propre mère l'avait abandonné, bébé, et qu'il n'avait été, pour ses maîtresses, qu'un objet pour satisfaire leurs appétits sexuels ou matériels.

Skye regarda Lazaro mais, perdu dans ses pensées, il avait les yeux dans le vague. Ce que lui avait fait sa mère était indigne et elle avait mal pour lui.

Le bateau accosta en bas des marches du *palazzo* dans

lequel ils entrèrent en silence. Ils montèrent tout droit dans la suite où elle ôta immédiatement ses chaussures, et lui, sa veste et sa cravate.

— Je crois que je vais aller me coucher, dit-elle. La journée a été longue.

Il déboutonna sa chemise.

— Comment cela ? s'étonna-t-il.

— Comment quoi ? Je suis fatiguée, c'est tout.

— Non, ne me raconte pas d'histoires, il y a autre chose. Tout à l'heure je t'ai vue disparaître dans les toilettes et quand tu es ressortie, tu étais bizarre… triste.

Elle haussa les épaules.

— C'est que je n'aime pas trop ce genre de manifestations.

— Skye… Non…

— OK. Il y avait une femme aux toilettes… Elle m'a accusée de t'avoir piégé, m'a dit qu'en étant enceinte j'étais à l'abri pour la vie et que notre mariage ne tiendrait pas longtemps.

De toute manière, le contrat stipulait qu'ils étaient mariés pour une durée de cinq ans. En conséquence…

— À quoi ressemblait-elle ?

— Genre mannequin, sculpturale, blonde et très branchée, et…

— Arrête, je sais. C'est Alessandra Basanti. Une peste.

— Une de tes maîtresses ?

Il hocha la tête.

— Non. Justement, elle a mal pris le fait que je ne m'intéresse pas à elle.

Skye se sentit soulagée, ce qui la contraria. Les fréquentations de Lazaro avant elle auraient dû la laisser indifférente. Hélas, ce n'était pas le cas. Quand parviendrait-elle à se guérir de lui ?

Il s'approcha du canapé et s'assit.

Elle le regarda. Il était près. Tout près d'elle. Pas assez cependant à son goût…

Des pensées contradictoires se télescopaient dans sa tête. Elle le détestait tout en le désirant. Tellement qu'elle avait peur que cela ne se lise sur son visage.

— Il y a autre chose, dis-le ! insista-t-il.

— Depuis quand lis-tu dans la tête des gens autour de toi ?

— Depuis que je connais quelqu'un qui est incapable de cacher ce qu'il ressent.

Il remit une mèche de ses cheveux roux derrière son oreille, ce qui la fit frissonner. Si elle s'était écoutée, elle aurait tourné la tête et niché sa joue au creux de sa grande main. Mais non, il ne fallait pas.

— Je suis totalement désemparée quand je suis en présence de personnes négatives, dit-elle. Je ne suis pas naïve au point d'espérer que tout le monde soit gentil mais elle… Elle était si… méchante.

— C'est une punaise. Comme beaucoup de femmes dans ce milieu où les enjeux sont importants.

— La femme à qui j'ai parlé avant d'aller aux toilettes était charmante.

— Oui, dit Lazaro souriant. Parce que tu as quarante ans de moins qu'elle et que tu n'es donc pas une menace.

— Ce que tu peux être cynique !

— Non, réaliste.

Elle se tut quelques secondes et, soudain, lui lança :

— Dis-moi franchement : tu penses que je t'ai piégé ?

Il se raidit.

— Je dois dire qu'au début, sous le coup de la colère, je me suis dit que tu m'avais bien eu. Puis, que je ne pouvais m'en prendre qu'à moi. Je n'avais qu'à me protéger. Maintenant que je te connais mieux, je ne pense pas que tu aies cherché à me piéger.

Elle se détendit.

— Merci.

Il se pencha vers elle et, sans lui laisser le temps d'esquisser le moindre geste, prit sa bouche pour le plus brûlant des baisers.

Elle avait essayé de se persuader qu'elle ne l'aimait pas mais il n'y avait aucun doute, elle était follement amoureuse. Hélas, tôt ou tard, elle allait devoir affronter la blessure qu'elle avait passé sa vie à éviter. Ce n'était qu'une question de temps.

— Où est-elle ?

— Place Saint-Marc, répondit le chef de la sécurité privée de Lazaro.

— Ne me dites pas qu'elle est en train de faire le portrait de touristes !

— Non. Elle est assise à une terrasse. Avec une glace et du thé glacé.

Lazaro regarda les intervenants assis autour de la table.

— Cela fait des semaines qu'on discute de ce contrat. J'en ai assez ! Je signe ou je quitte cette pièce.

Son conseil se leva.

— Lazaro, est-ce bien raisonnable ?

— Alors, signons !

Moins de vingt minutes plus tard, il était dehors et se dirigeait vers la place Saint-Marc. Il venait d'acquérir l'un des plus remarquables *palazzi* de Venise, ce qui le hissait dans le club très fermé des plus riches propriétaires immobiliers du monde. Bizarrement, cette signature ne lui apportait pas la satisfaction que lui procurait d'habitude ce genre d'achat. Ni la paix intérieure. Il se sentait agité.

Son agitation se dissipa dès qu'il aperçut ses cheveux roux, flamboyant dans le soleil de la fin d'après-midi. Elle était là. Sa femme, le visage offert au soleil, les épaules nues dans une petite robe d'été retenue par de fines bretelles.

Brusquement, il s'arrêta.

Que lui arrivait-il ? Au risque de faire capoter l'affaire qu'il convoitait, il venait d'abréger une réunion qu'il préparait depuis des mois.

Il avait passé la nuit dernière dans les brumes du désir et de la sensualité, tant et si bien qu'il s'était endormi dans la journée et était arrivé en retard à cette fameuse réunion. Cela ne lui ressemblait pas. Il n'avait pas passé des années à se battre pour se hisser au sommet, pour tout détruire aujourd'hui.

Recouvrant la raison, il fit demi-tour.

Aveuglée par le soleil, Skye ferma les yeux. Elle se sentait un peu seule, mais ce n'était pas un vrai voyage de noces, après tout. Lazaro était insaisissable et la déstabilisait par ses changements d'humeur. Un jour charmant, un autre distant et sombre…

Elle paya, puis fit signe au garde du corps qui la suivait partout.

Revenue au *palazzo*, elle trouva Lazaro au téléphone, manches remontées, décoiffé. Il parlait fort. Il y avait de l'électricité dans l'air.

Il raccrocha vite et lui demanda ce qu'elle avait fait.

— Je me suis promenée le long du canal jusqu'à la place Saint-Marc où j'ai acheté une glace et bu du thé.

Il regarda sa montre.

— On part pour Madrid dans une heure.

— Déjà ? Tu as signé ton contrat ?

— Oui, c'est clos et cacheté. Je suis désormais propriétaire de ce *palazzo*.

— Tu dois être content ?

Il n'en avait pas l'air. Il semblait même passablement agacé.

— Je vais faire mes bagages, annonça-t-elle avant de s'éclipser.

Madrid.

Le dîner terminé, Lazaro reposa son verre.

— Je vais passer les deux jours qui viennent en réunions. J'ai répondu à un appel d'offres pour la réhabilitation du vieux marché couvert, je dois maintenant consulter les entreprises.

Il s'arrêta, la mine sombre.

— Je suis en concurrence avec mon demi-frère qui va tout faire pour m'évincer. Je dois finaliser des détails avant la consultation publique, veux-tu venir avec moi ?

— Oh oui !

Son enthousiasme fit sourire Lazaro. Il souriait rarement mais quand il souriait, il était irrésistible et semblait beaucoup plus jeune. Il valait mieux qu'il ne la touche pas maintenant car elle ne répondait plus de rien…

Heureusement, il se leva.

— J'ai du travail, ce soir. Profites-en pour te reposer. Ces deux journées ont été fatigantes.

Les nuits aussi, pensa Skye.

Partagée entre soulagement et déception, elle prit un ton dégagé pour le rassurer.

— Tout va bien. Ne t'inquiète pas pour moi. Je m'occupe très bien toute seule et puis, tu as raison, ces deux journées ont été fatigantes.

— Parfait. Je te dis à demain matin, alors…

Il n'aurait jamais dû l'amener, pensa Lazaro en l'apercevant sur le balcon, écoutant attentivement un membre de son équipe.

Elle était en jean et portait un casque de chantier. Malgré cet accoutrement, pas vraiment féminin, il avait envie d'elle. Il avait pensé à elle toute la nuit, avait rêvé de se glisser en elle, dans sa douce moiteur et, finalement, s'était dit qu'il était idiot de se priver. Pourquoi un homme, marié avec une femme qu'il désirait et qui le désirait, se refusait-il le plaisir auquel il avait droit ?

Agacé, il essaya de se concentrer sur ce qui se disait.

— Ça me plaît beaucoup ! dit Skye comme ils rentraient en voiture. Ce fer forgé avec ce verre, c'est à la fois ancien et futuriste. C'est très réussi.

Lazaro se passa la main dans les cheveux.

— Je vois que tu as bien compris mon intention. Mon équipe a mis des mois à comprendre.

— Quelquefois, un œil neuf voit mieux…

Leur voiture s'arrêta devant l'hôtel.

— Je vais travailler quelques heures au bureau. Nous partirons pour Paris, demain matin. Tu te souviens que nous avons un gala, demain soir ? Mets ton fourreau noir et n'attache pas tes cheveux, je te prie. C'est comme cela que tu me plais.

La voiture repartait avec Lazaro quand elle se rendit compte qu'elle avait gardé les plans du marché.

Pas grave, je vais voir ce que j'aurais fait à leur place.

Quand Lazaro revint, tard ce soir-là, Skye avait déjà dîné.

Dommage. Pour la première fois de sa vie, il avait envie d'autre chose que de satisfaire son ambition. Il se découvrait un autre centre d'intérêt.

Sa femme.

Il aimait être avec elle. Voir ses réactions. Elle l'étonnait toujours. Elle avait de la personnalité, ce qui ne l'empêchait pas d'être aimable et tournée vers les autres, des qualités rares dans le monde qu'il fréquentait. Almuneda l'avait adorée. Sa gouvernante madrilène, habituellement austère, souriait en la voyant.

Pour la première fois de sa vie, son cynisme lui pesait comme un fardeau inutile.

Il entrait dans le salon en défaisant sa cravate, pensant la trouver au lit, quand il aperçut une forme allongée sur le canapé.

Il s'approcha.

Elle dormait, les plans du marché posés sur la table basse, à côté d'elle. Il se pencha pour regarder. Elle avait dessiné un logo pour son projet.

Il hocha la tête. Son logo était réussi. Il permettait d'identifier immédiatement le vieux marché rénové. C'était brillant.

Il n'avait pas fait de bruit, mais elle dut sentir sa présence car elle ouvrit les yeux et lui sourit. Un sourire charmant, adorable, qui le troubla infiniment.

— Quelle heure est-il ? demanda-t-elle, souriant toujours.

Voyant la feuille avec le logo qu'elle avait dessiné dans la main de Lazaro, elle rougit.

— Je me suis amusée.

Il s'assit auprès d'elle.

— C'est bien, tu sais. J'ai payé mes créatifs des milliers d'euros et ils ne m'ont rien sorti d'aussi bon.

— Sers-t'en si tu veux, dit-elle timidement.

— Ce que je veux…

Il la regarda.

Comprenant à ses yeux fiévreux ce qu'il voulait, elle déboutonna sa chemise et en écarta les pans. Ses seins jaillirent dans leur écrin de dentelle.

L'air faussement innocent, elle croisa alors les bras derrière sa tête.

— À moins que tu sois trop fatigué ?

Il se pencha, passa un bras derrière son dos pour défaire son soutien-gorge.

— Je n'ai jamais été aussi peu fatigué, rétorqua-t-il, la voix rauque.

Il posa la tête contre ses seins et resta ainsi un moment, ne pensant à rien d'autre qu'à la douceur de cette poitrine, véritable cocon protecteur.

9.

Paris, le lendemain soir

Après un dernier regard dans le miroir de la salle de bains, Skye sortit dans la chambre. Elle avait mis son fourreau de soie noire, comme il le lui avait demandé, et se trouvait légèrement provocante. Elle tourna la tête un peu vite et ses cheveux roux dansèrent sur ses épaules. Lazaro, qui fixait son nœud papillon sous son col, s'arrêta.

— Tu es… magnifique.

Il s'approcha et lui prit la main.

— Viens, j'ai quelque chose pour toi.

Il l'emmena dans le salon de leur suite et lui montra une collection d'écrins qu'il ouvrit l'un après l'autre. Il y avait des saphirs, des rubis, des émeraudes. Dans l'un d'eux, un superbe collier en diamant brillait de tous ses feux.

— C'est mon ami joaillier qui me les a prêtés. Essaie ce qui te plaît.

— Non, je ne peux pas porter ça.

— Je sais, tu n'es pas comme la plupart des femmes, mais choisis quand même. S'il te plaît… Non ? Je vais choisir pour toi, alors. Tourne-toi et soulève tes cheveux.

Elle sentit qu'il glissait quelque chose de froid et de lourd autour de son cou.

— Ce n'est pas tout, dit-il. Essaie ça. Et ça.

Il lui tendit des boucles d'oreilles et un bracelet.

— Regarde-toi dans la glace, maintenant.

Elle se retourna et vit, horrifiée, qu'elle ressemblait à ces femmes refaites et trop sophistiquées qu'elle avait vues à Madrid.

— Ce n'est pas moi, ça.

— Si. C'est ta nouvelle image.

Il lui tendit une pochette.

— Tu es prête ?

Skye resta collée à Lazaro, effarée par l'étalage de richesse et de glamour des invités qui se pressaient dans les salons de l'immeuble haussmannien, situé près de l'Arc de triomphe, où avait lieu le gala.

C'était la *Fashion Week* de Paris. L'événement, organisé pour venir en aide aux plus démunis, réunissait ce que Paris comptait de plus huppé – stars de cinéma, mannequins, grands couturiers, patrons du CAC 40 et autres célébrités.

Skye se sentait déplacée dans ce parterre de *happy few* ; elle sortit sur le balcon. La soirée se déroulait au dernier étage avec vue imprenable sur la tour Eiffel qui scintillait, de l'autre côté de la Seine.

Soudain, elle entendit un bruit derrière elle et se retourna.

— Oh !

La femme qui entrait s'arrêta net.

Elle reconnut Leonora Flores de la Vega. Ou plutôt, Leonora Torres. Elle portait un chignon, des bijoux et une élégante robe bleu nuit. Classique.

— Pardon, dit-elle dans un anglais sans accent, j'ignorais qu'il y avait quelqu'un.

Elle se détournait pour partir quand Skye la rappela.

— Non… Non. S'il vous plaît. Ne… ne partez pas, bafouilla-t-elle.

La femme s'arrêta, le visage impassible. Skye aurait juré, pourtant, que quelque chose passait dans son regard. Quelque chose d'humain, de bienveillant.

— Je voulais vous dire que… je suis désolée. Que je ne voulais pas rompre vos fiançailles. Je voulais seulement entrer en contact avec Lazaro, mais c'était impossible. Alors je suis entrée dans le salon et…

Il y eut un silence, qui se prolongea. Skye crut voir Leonora chanceler un peu.

— Je sais, dit-elle. Mais vous vous êtes connus avant qu'il me demande en mariage.

— Oui ! s'exclama Skye, soulagée. Sinon, jamais je n'aurais…

Leonora s'approcha, puis sourit avec douceur.

— Ça n'aurait pas été bien. Mais il n'aurait jamais fait ça. Ces hommes sont… corrects.

— Vous voulez dire Lazaro et Gabriel ?

— Oui.

Leonora regarda le ventre de Skye.

— Félicitations ! Je vous souhaite le plus grand bonheur avec Lazaro.

Sur ces mots, elle se retourna pour partir. Elle était pâle et semblait triste.

— Je suis désolée, répéta Skye. Et, à vous aussi, je souhaite beaucoup de bonheur.

Leonora la regarda :

— Merci.

Skye crut voir des larmes dans ses yeux.

Quel gâchis ! Leonora aurait pu être une très grande amie, si les circonstances avaient été différentes.

— Sanchez…

Lazaro se crispa. Cela faisait un moment qu'il cherchait Skye et ne la trouvait pas.

Il se détourna lentement.

— Torres.

Un verre à la main, Gabriel affichait une apparente décontraction mais Lazaro sentait qu'il était tendu.

— Alors, le marché ? Prêt pour la semaine prochaine ?

— Autant que toi, Torres.

Gabriel leva son verre.

— Que le meilleur gagne ! Mais on le connaît déjà, non ?

Bouillant de rage intérieurement, Lazaro lui adressa un de ses sourires sarcastiques dont il avait le secret.

— Tu risques d'être surpris, Gabriel, car, cette fois, ce ne sera peut-être pas Torres et son insatiable besoin de dominer qui l'emportera.

Gabriel s'approcha.

— Je me souviens bien de toi, tu sais. Je me rappelle le jour où tu as agressé mon père dans la rue et lui as dit que tu étais son fils. Tu es amer, Sanchez, il est temps de dépasser tout ça et de cesser de te raconter que tu as été traité injustement. Tu n'es pas une victime.

Chacun muré dans son silence, ils se toisèrent. Mais, soudain, une voix les sortit de leur haine rentrée.

— Bonjour, Lazaro. Quel plaisir de te voir !

Lazaro cligna des yeux. C'était Leonora, charmante, qui s'était approchée de Gabriel et lui prenait le bras. Elle avait quelque chose d'émouvant sur le visage. Une certaine fragilité.

— Je suis navré de ce qui s'est passé, Leonora. Je regrette de t'avoir mise dans cette situation. Crois bien que je ne l'ai pas cherché.

Elle lui adressa un joli sourire.

— Je sais. Je viens de parler avec ta femme. Félicitations pour le bébé !

Lazaro regarda son demi-frère et lui fit un petit signe de tête.

— À une prochaine fois, Torres.

Sur ces mots, il s'éloigna, en proie à des sentiments… encombrants.

Sa rancœur contre sa famille biologique commençait à lui peser. Dans le même temps, affronter verbalement son frère lui procurait une jouissance presque malsaine. Peu de gens pouvaient se permettre de lui tenir tête, mais Gabriel en faisait partie. Il osait. Il n'avait pas peur.

Alors qu'il s'éloignait, ressassant les propos de Torres, la rage le reprit. Son frère l'avait nargué.

« Tu es amer, Sanchez… Je me rappelle bien le jour où tu as agressé mon père dans la rue et lui as dit que tu étais son fils… »

Brusquement, il lui parut plus important que jamais de remporter le marché pour lequel il concourait contre son frère. Ce serait la première fois que quelqu'un supplanterait un Torres, et, même si Gabriel refusait de reconnaître qu'ils étaient parents, il serait obligé de l'admettre comme un égal et de le respecter.

Attends un peu, Torres… Je n'ai pas dit mon dernier mot.

Jouant des coudes, il se fraya un chemin dans la foule. Il y avait beaucoup de monde, des gens qui avaient l'air heureux. Des gens qui lui donnaient envie d'être heureux.

À mesure qu'il accélérait le pas, il sentait son ressentiment se dissiper. Il y a peu de temps encore, il aurait savouré les occasions qu'un événement comme celui-ci lui offrait mais, aujourd'hui, tout ce qu'il désirait, c'était…

Justement, elle était là, dans l'encadrement de la porte, l'air un peu étourdi par cette foule, et souriante cependant.

Il avança vers elle. Elle était bien trop pure pour ce milieu.

Dès qu'elle l'aperçut, leurs regards se soudèrent.

— Je suis fatiguée. On s'en va ?

— Oh oui !

Il lui saisit la main et l'aida à monter dans la voiture qui les attendait.

— Tu as parlé avec Leonora, lui dit-il, prenant place à côté d'elle. Je le sais, elle me l'a dit.

— Oui, je lui ai fait mes excuses. Elle a été très bien. Vraiment très bien. C'est quelqu'un qui me plaît.

— Elle est trop bien pour Gabriel Torres, rétorqua-t-il.

Skye se renfrogna. C'était stupide d'être jalouse mais c'était plus fort qu'elle. Il ne s'était rien passé entre eux, pourtant, mais…

Mais elle savait qu'elle avait usurpé le rôle de Leonora qui aurait dû être assise là, dans la voiture, à sa place, et c'était inconfortable.

— J'ai montré ton idée de logo à mon équipe. Ils ont beaucoup aimé. Si on s'en sert, je veillerai à ce que tu sois rémunérée.

Skye rougit de plaisir.

— Ça ne sera pas la peine de me payer. Je l'ai fait pour m'amuser.

— Tu sais que tu as du talent.

— J'aurais adoré faire les Beaux-Arts, mais je n'ai pas pu.

La voiture s'arrêta devant l'hôtel et ils descendirent.

— Je ne te l'ai pas dit mais, tout à l'heure, j'ai senti le bébé bouger. C'était la première fois.

Le visage de Lazaro s'assombrit. Sa mère aussi avait dû le sentir bouger. Comment avait-elle pu…

D'un geste las de la main, il chassa les pensées tristes qui l'accablaient subitement.

— Pardon, je n'aurais pas dû…

— Ce n'est pas grave. Pour l'instant, il n'y a qu'une chose qui m'intéresse, c'est de…

— Lazaro…

Il lui coupa la parole.

— Dès que je t'ai vue dans cette robe, je n'ai eu qu'une envie, te l'enlever.

Il la prit par la taille et la serra contre lui aussi près que sa silhouette maintenant arrondie le permettait. Elle lâcha sa pochette, qui tomba à terre, et elle se rapprocha encore jusqu'à le sentir, dur contre elle.

Son téléphone portable sonna mais il l'ignora. Seuls comptaient Skye et le bébé qu'il sentait bouger sous ses doigts.

Le lendemain matin, il se réveilla le premier. Skye dormait sur le côté, une jambe en travers de ses cuisses. Son ventre effleurait sa hanche et c'était excitant.

Il la regarda. Elle était toujours aussi délicieuse. Le plus troublant c'est que plus il la prenait, plus il avait envie d'elle. Leur désir, qui semblait réciproque, augmentait au fil des jours.

Il valait mieux qu'il se lève. Une bonne douche froide lui remettrait les idées en place. Délicatement, il repoussa sa jambe et son bras et alla se doucher.

Quand il revint dans la chambre, une serviette nouée autour des hanches, Skye dormait toujours. Qu'avait-elle de si fabuleux que son appétit d'elle demeure insatiable ? Ce n'était pas la plus belle des femmes, encore moins la plus expérimentée.

Non, elle avait autre chose. Elle était unique. Différente de tout et de tout le monde.

Attiré dans le salon par son portable qui sonnait encore, Lazaro décrocha. Il avait un fer au feu, il ne pouvait pas prendre le risque de rater un appel important et de laisser le fameux projet du marché tomber dans l'escarcelle de

Gabriel. D'autant que son demi-frère n'était pas le seul, dans les coulisses, à guetter sa chute.

Déjà, hier soir, lors du gala de charité, il avait filé à l'anglaise. C'était une faiblesse qu'il regrettait déjà et qui ne devait pas se reproduire. Il fallait qu'il se concentre sur son objectif, sur ses affaires. Il ne pouvait pas laisser Skye continuer à le distraire de son but. Il avait des priorités et devait s'y tenir.

Les jambes repliées sous elle, Skye sirotait sa tisane, devant la vue imprenable sur Madrid, qu'ils avaient regagnée tôt ce matin. Dès leur arrivée, Lazaro était allé tout droit dans son bureau et elle ne l'avait pas revu.

Entendant un bruit derrière elle, elle se retourna. Lazaro venait d'entrer, il était beau comme un dieu avec son pantalon et son polo noirs. Il tenait à la main un paquet de brochures qu'il vint lui donner.

— J'ai pris rendez-vous pour toi avec un agent immobilier. Il viendra te chercher demain pour te montrer des maisons. Sélectionnes-en quelques-unes et je viendrai les visiter avec toi ensuite.

Elle le regarda.

— Tu fais confiance à mon jugement ?

— Tu es une artiste, non ? Tu as un sens de l'esthétique doublé d'un bon sens pratique. J'ai demandé qu'il y ait des écoles tout près. Vois…

Il consulta sa montre.

— Il faut que j'y aille, j'ai une réunion, ce soir. Tu n'auras pas besoin d'être là. Nous nous retrouverons demain après la visite des maisons.

Quand il se retourna et quitta la pièce, Skye sentit un frisson remonter dans son dos. Elle ressentait la même impression de vide et d'abandon, autrefois, quand sa mère partait, la laissant derrière elle.

Glacée, elle se précipita à la fenêtre et croisa les bras sur la poitrine comme pour se réchauffer. Ou se protéger. C'était terrible, elle détestait être dans cet état-là à cause de lui !

— Oui, je vois, il y a des caméras de surveillance partout, acquiesça Skye, horrifiée à l'idée d'être enfermée dans une maison qui ressemblerait à une prison.

— J'ai deux autres propriétés à vous montrer, proposa l'agent immobilier. On les voit tout de suite ?

Elle déclina et lui promit de reprendre rendez-vous plus tard. Elle ne se sentait pas le courage de faire d'autres visites comme celle-ci. Bien sûr, cette demeure était magnifique. Une autre femme se serait crue au paradis mais c'était trop pour elle, trop luxueux, trop sécurisé, trop éloigné de tout.

Comme ils regagnaient l'appartement de Lazaro, la voiture passa devant un parc.

— Arrêtez-vous, demanda Skye au chauffeur.

Elle descendit et alla s'asseoir sur un banc.

Lazaro ne l'avait pas accompagnée. Évidemment ! Leur avenir le captivait tant qu'il n'avait pas de temps à perdre à visiter des maisons.

En fait, il n'avait pas l'intention de partager sa vie, ni celle de leur enfant, c'était pour cette raison qu'il gardait son appartement.

Il n'avait pas jugé utile qu'elle l'accompagne, hier soir. C'était clair. Il se détachait progressivement d'elle. Un jour, elle ne serait plus pour lui que de l'histoire ancienne.

Elle ressassait ces idées sombres quand elle aperçut, venant dans sa direction, un homme aux cheveux châtains un peu longs, à l'élégance décontractée.

Son cœur s'affola. Bien sûr, c'était lui, Lazaro ! Contrairement à ce qu'elle s'était raconté, il était venu.

Elle s'était trompée. Le choix de leur maison ne le laissait pas indifférent.

Folle de joie, elle se levait quand elle se rendit compte de sa méprise. Ce n'était pas Lazaro. D'ailleurs, cet homme-ci était plus petit et moins beau que lui.

Dépitée, elle retomba sur le banc, le cœur en berne. Elle avait donc raison, cette maison ne l'intéressait pas. Il ne se sentait pas concerné.

Toute la semaine suivante, ils se virent peu. La décision concernant l'attribution du chantier du vieux marché devait être prise bientôt, et la tension était à son comble.

Mercredi soir, Skye s'assoupissait sur le canapé en regardant un documentaire à la télévision quand elle entendit Lazaro rentrer. Aussitôt, elle éteignit et se leva. Il entrait dans le salon en défaisant sa cravate. Il avait l'air fatigué.

— Tu es encore debout ! lui lança-t-il en la détaillant des pieds à la tête.

Elle avait passé un pantalon en molleton et une chemise beaucoup trop grande pour elle… Ce n'était pas très chic. Ce n'était certainement pas comme cela qu'elle allait le retenir…

— Mais il n'est même pas 21 heures !

Il avait l'art de la mettre dans l'embarras. Avec lui, elle se sentait toujours coupable de quelque chose. Il devait lui en vouloir pour ses fiançailles rompues.

— Il y a des restes du dîner dans la cuisine. Veux-tu que je te réchauffe un plat ?

Il fit la moue comme si elle avait dit quelque chose d'indécent. Ou qu'il ne voulait pas entendre.

— Non, j'ai dîné au bureau.

Il se passa la main dans les cheveux.

— Je veux que tu saches que ton logo n'a pas été retenu pour notre campagne de promotion.

— Ce n'est pas grave, je l'avais fait pour m'amuser.

Au fond d'elle-même, elle était déçue. Être impliquée dans une affaire sur laquelle Lazaro travaillait lui plaisait. Elle avait l'impression que cela les rapprochait.

— Au fait, j'ai encore visité des maisons. J'en ai vu une que j'aime bien.

Lazaro qui se servait un whisky se retourna.

— C'est parfait. Où est-ce ?

— En pleine ville. Près du parc El Retiro. Les autres ne me plaisaient pas, elles étaient loin de tout.

— Peut-être, mais elles se trouvaient dans le plus beau quartier de Madrid. Là où habitent…

— Tes parents ? Ton frère ? Tout ce que Madrid compte de gens riches ? Non, merci !

Il se rembrunit et reposa son verre.

— Je viens de la rue, Skye. Je n'élèverai pas mon enfant en face du parc où j'ai erré et dormi à la belle étoile.

Elle s'approcha de lui, cherchant à l'amadouer.

— Je te comprends, Lazaro, mais, moi… Je refuse d'élever mon enfant dans un quartier où il ne verra que des domestiques et des chauffeurs sur les trottoirs, où il sera baladé dans une voiture aux vitres fumées d'endroit chic en endroit chic, sans aucun contact avec la vie. La vraie. Je veux qu'il puisse traverser la rue et aller jouer dans le parc. Je veux qu'il s'amuse avec les petits voisins. Qu'il fréquente l'école du quartier. Qu'il mène une vie aussi normale que possible.

Il resta de marbre. Il espérait la trouver couchée, en rentrant, mais elle était debout, dans des vêtements sans forme, avec une chemise qui avait glissé sur son bras et laissait voir un sein magnifique, qui appelait la caresse… Avec ses cheveux à moitié défaits, elle dégageait une sensualité peu commune.

Seigneur, comme il avait envie d'elle ! Là, tout de suite… Il reprit son verre. Une gorgée de whisky allait peut-être le calmer.

— Le tableau que tu dresses d'une vie idéale pour notre enfant n'est pas réaliste, Skye. En tout cas, pas pour des gens comme moi. Ce n'est pas aussi simple.

— Parce que tu te compliques la vie. Tous les jours, tu sors d'ici et il ne t'arrive jamais rien. Pourquoi veux-tu qu'il nous arrive quelque chose ?

Elle ne comprenait donc pas que le bébé et elle seraient des cibles faciles.

— Je sais pourquoi tu tiens à vivre là-bas, reprit-elle. Parce que tu as passé ta jeunesse à épier ce qu'il se passait dans ces maisons, à regarder vivre leurs occupants. Ta famille… Tu rêvais qu'on t'accorde de l'attention et je te comprends. Ça devait être…

Une émotion violente, douloureuse, étrangla Lazaro. Elle le remarqua mais continua.

— Si tu te figures que vivre au milieu d'eux te réconfortera…

— Ça suffit ! J'en ai assez entendu pour ce soir. J'ai du travail à finir. Va te coucher. Nous en reparlerons une autre fois.

Le cœur en miettes, elle le regarda s'en aller. Il aurait suffi qu'il lui prenne la main, elle ne lui aurait pas résisté. Mais il n'avait pas voulu d'elle.

10.

Le jour de l'attribution du chantier, le chauffeur de Lazaro vint la chercher à l'appartement. Elle s'était faite belle – petite robe en soie ivoire et caraco assorti – et était même allée chez le coiffeur. Elle voulait faire honneur à Lazaro.

Arrivée au marché, où la décision allait être prise, elle tomba sur Sara, qui était là le jour de leur mariage. Sara était charmante et sa présence soulagea Skye, encore sous le choc de l'échange un peu rude qu'elle avait eu, la veille, avec Lazaro.

Lazaro était là, beau comme d'habitude, et grave. Gabriel Torres, aussi, mais lui paraissait nettement plus détendu. Sûr de lui, presque suffisant.

— Vous savez que votre logo…

— Pardon ? dit Skye, plus occupée à scanner l'assistance qu'à écouter Sara.

— Votre logo… *Señor* Sanchez serait fou s'il m'entendait, mais nous préférions tous votre logo. C'est lui qui n'en a pas voulu. Selon lui, il ne convenait pas au projet.

— Ah, je pensais que c'était votre agence…

Justement, Lazaro approchait. Son assistante s'empressa de partir.

— Je t'emmène t'asseoir, lui dit-il.

Essayant d'oublier ce que Sara lui avait dit, Skye suivit Lazaro qui lui expliqua comment allait se dérouler la séance, puis repartit.

Chacun à son tour, Gabriel Torres d'abord puis Lazaro, exposa son projet. Leur vision du futur marché était très différente. L'une avant-gardiste. L'autre, beaucoup plus conventionnelle, faisait la part belle aux stands traditionnels de fruits et légumes, viandes et poissons auxquels le concepteur adjoignait des ateliers artisanaux, des galeries d'art, quelques restaurants et de petites boutiques.

Très intéressée, Skye écoutait attentivement. L'homme qui parlait avec une sorte de tendresse du futur marché qui devait « garder sa fonction de marché » ne pouvait pas rêver d'une vie dans un bocal en verre, dans une banlieue résidentielle étouffante. Elle le savait.

La présentation terminée, un cocktail suivit. Lazaro vint rejoindre Skye. Il était agité, nerveux. Être en concurrence avec son frère n'était pas simple.

— Bravo, lui dit-elle. C'était très bien.

Il la regarda et allait lui répondre quand il releva les yeux et blêmit.

— Qu'y a-t-il ? Tu me fais peur.

— C'est ma mère.

Skye suivit son regard. Une femme grande et élégante, aux cheveux bruns et au port altier, fixait Lazaro sans bouger.

Sans réfléchir, Skye se leva et se précipita vers la femme qui braquait maintenant sur elle ses yeux verts, interdits, semblables à ceux de son fils. De Lazaro.

Skye posa la main sur son ventre où son bébé bougeait, puis lança sans préambule :

— Comment avez-vous pu abandonner votre enfant ?

La femme resta de glace, mais Skye crut deviner une petite étincelle – triste ? – dans son regard… qui s'éteignit aussitôt.

— Parce que mon milieu est cruel, *señora* Sanchez. Sans pitié. Mais je suis heureuse que mon fils vous ait trouvée.

Sur ces mots, elle se détourna et, chaussant de grandes lunettes de soleil, s'éloigna. Au même instant, une poigne ferme lui saisit le bras. Elle leva les yeux.

Lazaro, blême de colère, gronda :

— Tu te rends compte de ce que tu viens de faire ?

Furieuse, elle dégagea son bras.

— Lâche-moi. Je rentre.

Sans attendre elle sortit, prit le premier taxi qui passait et s'en alla. Mais, cette fois, il ne la rappela pas.

Lazaro regarda le taxi filer.

Malheureux et furieux à la fois, il ne pensait plus. Le marché, le cocktail, plus rien n'existait que son désarroi.

Voir sa mère avait été un coup de poignard dans le cœur. Il l'avait très peu vue depuis sa naissance, et, cette fois-ci, elle était seule et avait dans le regard une sorte de… regret ? De remords ? Comme si elle venait lui demander pardon.

Et puis Skye, telle une furie, s'était jetée sur elle. Il l'avait entendue l'incendier. D'abord furieux contre Skye, il avait dû admettre qu'il avait apprécié ses paroles. Apprécié qu'elle les dise à sa place car lui en était incapable. Parce que les sentiments que sa mère lui inspirait étaient trop douloureux. Trop violents.

Malgré tout, il déplorait l'intervention de Skye. Il se sentait honteux, mal à l'aise, et il lui en voulait.

Une voix derrière lui le tira de ses pensées.

— Alors, Sanchez, on lave son linge sale en public ?

Lazaro se retourna. Gabriel le narguait, l'air cruel, triomphant. Le bras derrière le dos, Lazaro serra le poing. Cette fois, il n'était pas sûr de pouvoir se retenir.

Gabriel sourit, sarcastique.

— Eh bien, vas-y, Sanchez ! Frappe-moi. Cogne. Tu

en crèves d'envie depuis le jour où tu nous as suivis, au restaurant.

Sans savoir comment, Lazaro trouva la force de résister. Non, il n'allait pas frapper ce demi-frère qui le provoquait sans cesse.

Il n'en vaut pas la peine, aurait dit Skye.

Ramenant son bras sur le côté, il desserra le poing et ravala son chagrin.

Skye… Il lui en voulait d'être entrée dans sa vie et d'avoir rouvert ses plaies. Il lui en voulait d'avoir besoin d'elle. Il avait toujours fonctionné seul. Il n'avait besoin de personne. Ni maintenant, ni jamais.

Après avoir pleuré toutes les larmes de son corps, Skye allait mieux. Elle se sentait plus calme et attendait le retour de Lazaro. Elle savait ce qu'elle devait faire maintenant. Pour elle et le bébé.

Entendant un bruit, elle se raidit. Lazaro arrivait, cravate défaite et cheveux en pétard. Au lieu de s'inquiéter comme elle l'aurait fait normalement, elle le toisa. Il était contrarié, cela se lisait sur son visage et dans ses yeux.

— De quel droit t'es-tu adressée à ma mère ? Tu l'as agressée !

— Je suis ta femme et la mère de ton enfant. Cela me donne certains droits.

— C'est toi qui le dis !

Soudain, il découvrit la valise posée à côté d'elle.

— Où vas-tu ?

— Je rentre à Dublin. J'ai un vol ce soir. Je ne peux pas continuer comme ça, Lazaro. Ça ne marche pas. Je ne veux pas vivre dans une de tes banlieues dorées, loin de tout, pendant que tu mènes ta vie de ton côté, en ville. Tu me l'as clairement dit, je n'arrive pas en premier dans tes priorités, en conséquence, je rentre chez moi.

Il ne pipa mot, se contenta de la regarder.

— Je sais que c'est toi qui as refusé mon logo alors que tout le monde avait voté pour. C'est ton assistante qui me l'a dit. Et je sais pourquoi ! Parce que tu redoutes que je sois mêlée à tes affaires.

Et à ta vie.

Il lui sembla qu'il rougissait un peu, ce qui ne la réconforta pas pour autant.

— Je me suis renseignée sur le divorce en Espagne. Après trois mois de mariage, on peut divorcer en deux mois. Je veux mettre mon bébé au monde à Dublin. Quand il naîtra, nous aurons été mariés assez longtemps pour pouvoir divorcer.

Elle reprit son souffle avant de poursuivre.

— Je vais prendre contact avec ma mère, je suis sûre qu'elle pourra m'aider après la naissance. Toi et moi discuterons de la suite plus tard. Sois heureux, je te rends ta liberté, Lazaro ! Il te faut une femme comme celles qui évoluent dans ta sphère. Je ne suis pas cette femme-là, je ne le serai jamais.

Craignant d'en dire trop et de trahir sa fragilité, elle se tut.

Sans voix, Lazaro alla à la fenêtre. Il regarda dehors un bon moment et finit par se retourner.

— C'est peut-être une bonne idée que tu t'en ailles un peu. Ce que tu souhaites… Ce que tu demandes, c'est une vie que je n'ai jamais envisagée. Je n'ai besoin de personne pour me défendre, Skye. Je n'ai rien demandé.

Skye sentit les larmes lui monter aux yeux.

— Ce n'est pas une chose qu'on devrait avoir à demander… Sur ce, j'ai appelé un taxi, il faut que j'y aille.

— Non, mon chauffeur va t'emmener. J'espère que

tu ne retournes pas dans ton taudis. Sais-tu où tu dors ce soir ?

Le fait qu'il ne cherche pas à la retenir redoubla son envie de pleurer.

— Chez une amie avec qui je travaillais au restaurant. Je resterai chez elle jusqu'à ce que je trouve un appartement.

— Tu auras de l'argent. Tu n'auras pas besoin de travailler.

Elle ne le lui dit pas, mais elle avait l'intention de refuser son argent.

Elle marcha jusqu'à la porte en traînant sa petite valise et se retourna.

— Au revoir…

Elle n'entendit pas de réponse.

Il la laissait partir dans la plus totale indifférence. Elle avait dépassé les bornes, l'autre soir, avec sa mère, et il ne lui pardonnait pas.

Lazaro resta dans un brouillard épais pendant plusieurs jours. Un après-midi, il se retrouva dans un lieu vide, quelque part en banlieue, ne se souvenant absolument pas de ce qu'il venait faire là, si ce n'est, vaguement, d'un rendez-vous avec un agent immobilier pour voir des maisons que Skye avait visitées.

Il n'arrêtait pas de ressasser ce qu'elle lui avait asséné. Qu'il voulait vivre là pour être là où habitaient ses parents… pour les narguer.

Elle lui avait dit que tout cela n'était pas la vraie vie, ou quelque chose d'approchant. Elle avait aussi prétendu que vivre ici ne lui apporterait rien de bon, en tout cas pas la paix. Au fond de lui, il savait que c'était vrai.

Il n'empêche, il aurait voulu voir ses parents ici, avec lui, Skye et le bébé. Il était presque certain qu'ils apaiseraient ses démons.

— Je sais, dit-il, interrompant l'agent immobilier qui lui cassait la tête avec sa sécurité. Je sais que ma femme a visité une maison en centre-ville, près du Retiro. J'aimerais la voir.

Une semaine plus tard

— Vous pouvez entrer.

Lazaro prit son souffle et entra dans le bureau de Gabriel Torres. Celui-ci se tenait debout près de la fenêtre, les mains dans les poches. Décontracté.

— Que me vaut ce plaisir, Sanchez ?

Lazaro avança jusqu'à la table et y déposa une grande enveloppe bien remplie.

— Tu trouveras là tous les éléments qui prouvent que nous sommes parents, Torres. Et même frères. Encore une fois, je ne veux rien de toi, ni de ta famille, seulement que vous reconnaissiez que nous sommes du même sang. J'estime que vous me devez bien ça. De plus, j'ai décidé de me retirer de l'appel d'offres concernant le vieux marché. Je reste convaincu que mon offre est la meilleure, mais ce chantier n'est plus ma priorité. Et oui, tu as raison : une grande part de ma motivation m'était dictée par mon envie de me confronter à toi. Tu es un adversaire de taille, Gabriel, digne d'intérêt, mais j'ai perdu le goût de me battre contre toi.

Il partait quand Gabriel réagit.

— Qu'est-ce qui a changé, Sanchez ?

Lazaro se retourna. Il sourit et comprit qu'il ne s'était jamais senti aussi léger.

— J'ai pris conscience de ce qui a une réelle importance dans la vie… C'est tout.

Il sortit, laissant Gabriel interdit.

Skye avait retrouvé son restaurant avec son animation habituelle du vendredi soir. Son patron l'avait embauchée de nouveau – quelques heures par semaine – ce qui lui permettait de se faire quelques dollars et de penser à autre chose qu'à Lazaro, qui n'avait même pas essayé de la retenir.

Cela faisait quinze jours maintenant qu'elle n'avait pas entendu parler de lui, ce qui voulait bien dire qu'il était passé à autre chose.

Son carnet de commandes à la main et son crayon planté dans son chignon, elle s'approcha, tel un automate, de la première table qu'elle devait servir.

— Vous avez choisi ? dit-elle sans regarder le client.

Tout à coup, une main se posa sur son bras. Sous le choc, elle tituba. Deux yeux verts la fixaient, deux flaques émeraude.

— Skye, s'il te plaît, ne t'évanouis pas.

Le ton autoritaire la ramena à elle. Elle battit des paupières.

Il était là. Lazaro était là. En personne !

Comme si elle avait vu un fantôme, elle recula, si brusquement qu'elle faillit tomber sur la table derrière elle.

— Que fais-tu là ?

— Il faut que nous parlions.

— Je travaille. Ce n'est pas le moment.

Il se leva alors et, sans se soucier du ridicule, ameuta tout le restaurant.

— Cette femme est la mère de mon enfant. Je suis là pour lui parler, mais elle refuse.

Alarmé par la voix – et les rires – le patron arriva sur ces entrefaites.

— Skye, s'il te plaît, allez régler vos comptes dehors.

Il lui prit son carnet de commandes et lui tendit son manteau et son sac.

Elle sortit. Lazaro était déjà dehors, plus chic que jamais dans un pardessus gris foncé.

— Tu te rends compte de ce que tu viens de faire ? Comment as-tu osé ?

— Et toi, il y a deux mois ? Devant mes pairs. Et les journalistes. Comment as-tu osé ?

Cette juste remarque la fit redescendre.

— Que fais-tu là ? Tu aurais pu me téléphoner. Ton assistante avait mon numéro. Que me veux-tu ?

Au lieu de lui répondre, il happa sa bouche pour le plus fougueux des baisers, puis lui souffla :

— Je suis dans le même hôtel que la dernière fois. Viens. S'il te plaît. J'ai des choses à te dire.

Il ne demandait pas, il ordonnait. Le ton était presque menaçant.

— Je te suis.

Ils marchèrent en silence jusqu'à l'hôtel où, un certain soir, il avait pris sa virginité. Comme elle était excitée, ce soir-là ! Et comme il l'avait aimée ! Hélas, depuis, tout avait changé et toute sa vie s'en trouvait bouleversée.

Ils montèrent. Il s'arrêta devant la suite qu'il occupait déjà à l'époque et la pria d'entrer.

Etranglée par le chagrin, elle retint à grand-peine un sanglot.

— Du thé ? Un café ?

Incapable de prononcer un mot, elle fit non de la tête. Elle se sentait tendue, prête à fondre en larmes. Mais il ne fallait pas. Elle n'allait pas, en plus, se ridiculiser devant lui.

Elle fit un effort pour se ressaisir.

— Qu'as-tu à me dire ?

Il planta les mains dans ses poches.

— Je veux que tu viennes à Madrid avec moi. Je veux que le bébé naisse en Espagne. J'ai visité la maison près du parc. Elle est belle. Ce n'est pas un endroit que j'aurais envisagé, mais pourquoi pas ? Il y aura des travaux à prévoir mais ils seront terminés pour la naissance du bébé.

— Pourquoi ? Tu l'as achetée ? Mais… Le parc de l'autre côté de la rue ?

Il haussa les épaules en riant.

— Pour tout te dire, j'ai toujours préféré la ville aux banlieues résidentielles.

— Pourquoi ? Tu vas… vivre avec nous ? Je ne le pensais pas…

— Moi non plus ! Mais, aujourd'hui, j'ai changé et je rêve d'une vie à trois… Tous ensemble.

Agité, il se passa la main dans les cheveux.

— Je vois que cela t'étonne. Tout a vraiment changé pourtant, Skye. J'ai vu Gabriel. Je lui ai laissé un prélèvement de mon ADN et lui ai dit de faire le test de son côté s'il veut savoir si nous avons effectivement un lien de parenté. S'il ne le fait pas, tant pis, ça n'a pas d'importance. Pas plus que l'appel d'offres pour le vieux marché… Ça m'est égal. D'ailleurs, je lui ai dit que je me retirais.

— Mais j'adorais ton projet !

— Peut-être, mais… Gabriel a raison. J'ai concouru plus pour me heurter à lui que pour autre chose. Et toi aussi, tu as raison. J'ai refusé de me servir de ton logo pour essayer de te… rejeter. De t'éloigner. Je ne voulais plus penser à toi.

Il la regarda.

— J'ai été trop dur avec toi à propos de ma mère. J'ai été choqué que tu l'agresses comme tu l'as fait. Je l'ai à peine vue dans ma vie. Nous n'avons jamais parlé ensemble. Ce que je ressens pour elle est ambigu. Je lui en veux mais, le peu de fois où je l'ai vue, elle m'a ému par sa tristesse. Elle me paraît fragile et, sans comprendre pourquoi, j'éprouve une certaine envie de la protéger. Personne n'a jamais rien fait pour moi, Skye. J'ai toujours été seul. Je ne sais pas comment réagir. Je me sens désarmé.

Skye lui répéta ce que sa mère lui avait dit. Que ce monde était cruel et qu'elle était contente qu'il l'ait trouvée.

— Elle a dit, aussi, que rien n'est jamais tout blanc ou tout noir. Plus exactement, que le monde est sans pitié. J'ai pensé qu'elle voulait me faire comprendre qu'elle n'avait pas eu d'autre choix que de t'abandonner.

Il se renfrogna.

— Peut-être, mais nous ne sommes pas là pour parler d'elle.

Prenant une chaise, il s'assit en face d'elle.

— Elle a eu raison sur un point : je ne pensais pas rencontrer un jour quelqu'un comme toi. Tu es un esprit libre. Tu n'es pas le genre de femme à jouer les épouses modèles et pourtant… Je ne veux personne d'autre dans ma vie, Skye. Que toi.

Déstabilisée, elle alla à la fenêtre devant laquelle se déroulaient les pelouses de St. Stephen Green, une mini version du Retiro de Madrid à Dublin, et réfléchit. Lazaro avait fait des efforts. Il cherchait à tout prix à la reconquérir et faisait preuve de bonne volonté. Les concessions qu'il faisait étaient importantes.

— Écoute, dit-elle, dubitative. J'ai passé ma jeunesse avec quelqu'un qui pensait d'abord à lui-même. J'arrivais en second. Ma mère m'a trimbalée avec elle comme un paquet, dans sa quête de paix ou de je ne sais quel bonheur. Je ne veux pas revivre cela.

Lazaro s'était levé et son ombre portée sur le mur était immense, inquiétante.

— Je veux plus que des concessions, continua-t-elle. J'estime que je mérite mieux. Je trouverai peut-être ce mieux un jour. Pour l'instant, je ne le trouve pas chez toi.

Je sais que, physiquement, c'est merveilleux entre nous mais ce n'est pas tout car… ça ne durera pas. La passion, l'amour fou c'est deux ans, Lazaro… Non ?

Pleine d'espoir, elle attendit qu'il la contredise mais il ne dit rien. Comme elle était vulnérable ! Un seul mot aurait suffi pour qu'elle tombe de nouveau dans ses bras…

S'efforçant d'afficher une certaine assurance, elle reprit, plus fermement.

— Quand il n'y aura plus d'amour entre nous, que restera-t-il ? Rien. Rien d'assez fort, en tout cas, pour que dure notre relation. Je croyais que le plus important pour moi, c'était la stabilité, la sécurité, des racines. C'est vrai mais je veux plus que ça. Je veux une vraie vie. Je veux une famille.

Le mot était lâché. Il s'approcha d'elle.

— Non, ne me touche pas. Quand tu me touches, je perds mes moyens, j'oublie tout…

Il prit ses mains et enlaça ses doigts.

— J'ai oublié de te dire une chose, Skye, mon trésor, je t'aime. Je t'aime tellement que cela me fait peur. J'ai compris combien je t'aimais quand je t'ai vue fondre sur ma mère et l'invectiver, mais j'étais trop stupéfait pour réagir. Mon parcours était tout tracé avant que je ne te rencontre mais tu as tout bouleversé. Je n'ai mesuré ma solitude que lorsque tu es entrée dans ma vie. Et, plus je sentais que j'avais besoin de toi, plus je te repoussais. Rechercher ta présence, avoir envie de toi s'apparentaient, pour moi, à de la faiblesse !

Pouvait-elle le croire ? N'étaient-ce pas que de belles paroles pour la faire revenir sur sa décision ?

— Tu ne dis rien. Tu m'entends ?

— J'ai peur moi aussi, Lazaro, murmura-t-elle. Je t'aime tant ! Mais je me suis toujours juré de ne jamais laisser quelqu'un m'approcher... de peur d'avoir mal. Et toi, tu m'as déjà fait mal.

Plongeant dans ses yeux bleus, il prit son visage dans ses mains et, du bout des pouces, essuya les larmes qui lui échappaient.

— Je m'en veux, je m'en veux. Je suis un imbécile. S'il te plaît, dis-moi oui. Viens. Laisse-moi te montrer combien je t'aime.

Il lâcha son visage et, l'air mystérieux, plongea la main dans sa poche.

— Attends. J'ai quelque chose pour toi.

Il s'agenouilla devant elle et prit sa main.

— Je ne t'avais pas demandé de m'épouser. Je t'ai annoncé que nous allions nous marier sans te laisser le choix. Aujourd'hui, tu as le choix. Skye Blossom O'Hara, acceptez-vous de devenir ma femme, la mère de mon enfant et, je l'espère, de nombreux autres bambins ?

Il ouvrit la main et lui montra la bague de fiançailles et l'alliance qu'elle avait laissées sur le guéridon en partant.

Bien sûr qu'elle acceptait ! Elle en mourait d'envie depuis le premier jour, mais il lui demandait d'oublier ce que la vie lui avait appris et de se remettre entre ses mains.

Voyant le tourment qui l'agitait, il reprit :

— J'ai vu le croquis que tu as fait de moi. Il m'a fait peur. Personne ne m'avait jamais vu avant, vraiment vu. Excepté toi. Je crois que c'est la même chose pour toi. Moi, je te vois, Skye. Nous existons tous les deux. Je t'aime et je sais que tu m'aimes, toi aussi. Aie confiance en moi, mon amour. Je ne te laisserai jamais.

Elle plongea ses grands yeux bleus dans les lagons verts.

— Oui, j'accepte de devenir votre femme, Lazaro Sanchez.

Elle s'abandonna dans ses bras, contre son cœur qu'elle sentait battre à l'unisson du sien.

Ils tombèrent à terre, jambes mêlées, corps ardents. Puis se relevèrent et gagnèrent la chambre, impatients de revivre la première nuit de leur amour… Une nuit d'amour qui cette fois durerait toute la vie.

Épilogue

Huit mois plus tard, en Andalousie.

— Bonjour, jolie marmotte, il faut se réveiller !

Skye sourit et attira Lazaro à elle.

— Pas cette fois, insatiable tentatrice… J'ai quelque chose à te montrer.

Il l'aida à s'extraire du hamac suspendu entre deux arbres de l'hacienda.

C'était l'été et l'air regorgeait des parfums des multiples fleurs du jardin.

Skye se leva et sourit à son nourrisson qui dormait paisiblement dans le harnais fixé sur le buste de son père. Il avait quatre mois déjà et elle était fière de le nourrir.

— Qu'as-tu à me montrer ?

Il la prit par la main et monta avec elle au dernier étage de l'hacienda dont elle rêvait de faire son atelier. Il poussa une porte et la laissa s'extasier.

L'espace avait été transformé en atelier, un atelier digne des plus grands artistes. Les ouvertures avaient été agrandies pour laisser passer un maximum de lumière. Il y avait plusieurs chevalets. Des pinceaux, des couteaux, des tubes de peinture. Du papier. Des toiles. Toutes sortes de crayons. Absolument tout ce dont elle pouvait rêver. Les murs étaient blancs pour réfléchir la lumière. Il y avait des tapis, des plantes, des bougies.

— Ça te plaît ?

— J'adore, dit-elle, des larmes plein les yeux.

Il serra sa main.

— C'est à toi. Tu es chez toi, ici. Pour développer le talent de l'artiste que tu es.

Débordante d'émotion et de tendresse, elle se retourna.

— Après Max, c'est le plus beau cadeau que tu pouvais me faire. C'est merveilleux.

Il sécha ses larmes.

— Si c'est aussi merveilleux que le bonheur que je ressens chaque matin, au réveil, près de toi, je vois ce que tu veux dire.

Elle se hissa sur la pointe des pieds et déposa une nuée de baisers sur les lèvres qu'il lui tendait.

— Je t'aime, Lazaro. Tu es mon soleil, mon ciel bleu.

Quand elle retomba sur ses pieds et le regarda, elle vit une immense émotion dans ses yeux et sourit. Les serrant alors tous les deux près d'elle, Lazaro et leur fils, elle les entoura de ses bras. Ils formaient un cercle, une famille, la famille qui leur avait tant manqué, et dont les racines couraient sous la terre de l'hacienda.

Vous avez aimé *Le secret révélé* ?
Découvrez l'histoire du frère rival de notre héros
dès le mois de juillet dans votre collection Azur.
Un roman signé Abby Green.

Retrouvez en juin 2020,
dans votre collection

AZUR

Le secret d'une innocente, de Caitlin Crews - N°4224

ENFANT SECRET

Cecilia est sous le choc. Jamais elle n'aurait imaginé revoir Pascal Furlani dans le petit village de montagne où ils se sont connus. Six ans plus tôt, cet homme l'a abandonnée sans un mot d'adieu, après l'avoir séduite dans l'abbaye même où elle avait soigné ses blessures, séquelles d'un grave accident. Comment Pascal ose-t-il se présenter devant elle, alors qu'il a bouleversé son existence tout entière ? Après son départ, en effet, Cecilia a dû rompre les vœux qu'elle s'apprêtait à prononcer, car un enfant est né de leur relation interdite…

Son cavalier du désert, de Heidi Rice - N°4225

PRINCES DU DÉSERT

Menacée par une tempête de sable en plein désert, Kasia est secourue in extremis par un mystérieux cavalier et son étalon noir… Mais, lorsque son sauveur se révèle être le prince Raif, souverain de la tribu des Kholadis, Kasia se sent de nouveau en danger. Non seulement cet homme a une réputation de guerrier débauché mais, surtout, il éveille en elle un désir aussi intense qu'insensé. Au point que, oubliant toute prudence, Kasia passe une nuit entre ses bras. Une seule nuit, mais qui pourrait bien avoir de lourdes conséquences…

La trahison d'une princesse,
de Pippa Roscoe - N°4226

Alors qu'elle admire le coucher de soleil sur les toits de Paris, la princesse Sofia mesure l'ironie de la situation. C'est dans la ville la plus romantique du monde qu'elle sera bientôt mariée à un homme qu'elle n'aime pas ! Certes, elle connaît son devoir envers son peuple, et cette union de convenance fait partie de ses nombreuses obligations. Seulement, à l'heure de renoncer à sa liberté, elle ne peut s'empêcher de songer à Theo Tersi, celui qu'elle a follement aimé autrefois, puis trahi en l'abandonnant sans un mot d'explication. Theo, qu'elle va revoir au bal de ses fiançailles, même si elle l'ignore encore…

Le fiancé d'une reine, de Rachael Thomas - N°4227

MARIAGE ARRANGÉ

Si Kaliana n'a pas trouvé un époux d'ici quatre mois, elle sera mariée de force par son père ! En tant qu'héritière du royaume d'Ardu Safra, elle a des devoirs, bien sûr, mais comment ne pas trembler devant l'injonction du roi ? Éprise de liberté, elle veut pouvoir s'unir à un homme qu'elle aura choisi. Et c'est sur Rafe Casella, un milliardaire sicilien, qu'elle jette bientôt son dévolu. Certes, il ne peut s'agir d'amour entre eux, malgré leur attirance indéniable et la nuit passionnée qu'ils ont passée ensemble. Mais au moins, leur engagement sera clair et net – et leur mariage, de pure convenance…

Tentation argentine, de Louise Fuller - N°4228

Cela fait deux ans que Mimi tente d'oublier le baiser brûlant qu'elle a échangé avec Bautista Caine, le frère de sa meilleure amie. En vain. Bien qu'il l'ait brutalement rejetée après leur fougueuse étreinte, cet homme occupe toutes ses pensées, jour et nuit ! Alors, aujourd'hui qu'elle doit le revoir à l'occasion d'un mariage en Argentine, Mimi redoute ses propres réactions. Saura-t-elle rester de marbre face à Bautista, sans trahir le désir qu'il lui inspire encore, bien malgré elle ?

Une dernière étreinte ?,
de Melanie Milburne - N°4229

Un week-end en Grèce. Alors que beaucoup en profiteraient pour se prélasser au soleil, Juliette n'a qu'un objectif : présenter sa demande de divorce à Joe Allegranza. Après quinze mois de séparation, il est temps pour elle de mettre fin à la mascarade de leur mariage. Certes, sa rencontre avec Joe a été passionnée. Mais jamais ils n'auraient dû convoler, alors que tous deux ne partageaient rien d'autre qu'une exceptionnelle entente charnelle. Sitôt qu'elle le revoit, hélas, ses résolutions vacillent. Son époux lui fait toujours autant d'effet, au point que Juliette a soudain très envie de s'offrir une dernière étreinte entre ses bras puissants…

Un diamant pour son assistante,
de Clare Connelly - N°4230

Tout réussit à Thanos Stathakis – ou *presque*. Cela fait des années qu'il cherche à racheter la société autrefois perdue par sa famille, or un obstacle se dresse encore devant lui. L'actuel propriétaire refuse de lui céder ce joyau tant convoité, pour l'unique raison qu'il traîne une réputation scandaleuse d'homme à femmes. Qu'à cela ne tienne, Thanos va se marier. Et il a déjà une idée de celle qui pourra redorer son image. Alice, son innocente assistante si troublée en sa présence, jouera à la perfection le rôle de son épouse… s'il parvient à lui passer la bague au doigt !

L'héritier d'un milliardaire grec, de Lynne Graham - N°4231

SÉRIE : *TROIS SŒURS À SÉDUIRE* - 1/3

Trahie par l'homme dont elle est tombée amoureuse, Winnie l'a quitté – sans lui révéler qu'elle portait son bébé. Aussi est-elle bouleversée lorsque, deux ans plus tard, Eros Nevrakis se présente à elle, furieux. Parce qu'il a découvert son secret, le voilà prêt à tout pour légitimer son héritier… Alors qu'il exige que Winnie l'épouse et l'accompagne sur son île grecque, elle se sent prise au piège. Si elle refuse, Eros n'hésitera pas à lui ravir ce qu'elle a de plus précieux : leur enfant.

Scandale à Madrid, de Susan Stephens - N°4232

SÉRIE : *PASSION AU PARADIS* - 2/6

À Madrid, tout le monde le connaît comme le duc d'Alegon, homme d'affaires le plus puissant d'Espagne. Mais, dans son château à flanc de montagne, il redevient Alejandro, roi des Tziganes. Fascinée par cet homme complexe à la réputation sulfureuse, la douce et innocente Sadie accepte de le suivre sur ses terres et, bientôt, cède à l'attrait qu'il exerce sur elle. Dans cette passion irrésistible et sauvage, Sadie se révèle et se perd. Jusqu'à se découvrir enceinte et provoquer par là même un retentissant scandale…

Le baiser d'Angelo Navarro, de Dani Collins - N°4233

En tant qu'héritière de la puissante famille Montero, Pia sait ce qu'on attend d'elle : un mariage avec un aristocrate de son rang. Or, à l'occasion d'un bal masqué, elle perd la raison sous le regard d'un inconnu, mystérieux et envoûtant. Un baiser, une étreinte passionnée, et voilà qu'elle lui offre son innocence… Une folie d'autant plus grande que, bientôt, Pia découvre que son amant d'une nuit n'est autre qu'Angelo Navarro, fils illégitime d'un baron. Un homme sans naissance, entouré de scandale – le dernier qu'elle devrait fréquenter, mais le seul qu'elle désire et dont elle attend l'enfant…

Séduction sans scrupule, de Lucy Monroe - N°4234

Séduire Hope Reynolds, l'épouser et se débarrasser d'elle au plus vite. Tel est le plan de Luciano Di Valerio. Non pas que ce procédé lui soit particulièrement agréable, mais il n'a pas le choix : le grand-père de la jeune femme a fait de ce mariage la condition pour lui rendre ses parts de Di Valerio Shipping, l'entreprise familiale que Luciano s'est juré de sauver de la faillite. Et puis, le désir brûlant que lui inspire Hope compensera un peu son aversion viscérale pour le mariage. Mais, à mesure que les jours passent, Luciano ne peut empêcher une question de le hanter : Hope est-elle une femme sans scrupule qui a demandé l'aide de son grand-père pour arriver à ses fins… ou l'innocente victime de cette sombre machination ?

Composé et édité par HarperCollins France.

Achevé d'imprimer en avril 2020.

CPi
BLACK PRINT

Barcelone

Dépôt légal : mai 2020.

MIXTE
Papier issu de sources responsables
FSC® C108412
FSC
www.fsc.org

Pour limiter l'empreinte environnementale de ses livres, HarperCollins France s'engage à n'utiliser que du papier fabriqué à partir de bois provenant de forêts gérées durablement et de manière responsable.

Imprimé en Espagne.

OFFRE DÉCOUVERTE !

Vous souhaitez découvrir nos collections ? Recevez **votre 1er colis gratuit*** **avec 2 cadeaux surprises !** Une fois votre colis de bienvenue reçu, si vous souhaitez continuer à recevoir nos livres, cela se fera automatiquement. Vous recevrez alors vos livres inédits** en avant-première.

Vous n'avez aucune obligation d'achat et cette offre est sans engagement de durée !

*1 livre offert + 2 cadeaux / 2 livres offerts pour la collection Azur + 2 cadeaux. Les collections Gentlemen et Aliénor démarrent avec le 1er colis payant.

**Les livres Ispahan, Sagas, Best-Sellers Féminins, Gentlemen et Hors-Série sont des réédités.

☛ COCHEZ la collection choisie et renvoyez cette page au
Service Lectrices Harlequin – CS 20008 – 59718 Lille Cedex 9 – France

Collections	Références	Prix colis*
❑ **AZUR**	Z0ZFA6	6 livres par mois 28,79€
❑ **BLANCHE**	B0ZFA3	3 livres par mois 23,65€
❑ **LES HISTORIQUES**	H0ZFA2	2 livres par mois 16,59€
❑ **ISPAHAN**	Y0ZFA3	3 livres tous les 2 mois 23,35€
❑ **PASSIONS**	R0ZFA3	3 livres par mois 25,09€
❑ **SAGAS**	N0ZFA3	3 livres tous les 2 mois 27,66€
❑ **BLACK ROSE**	I0ZFA3	3 livres par mois 25,09€
❑ **VICTORIA**	V0ZFA3	3 livres tous les 2 mois 25,69€
❑ **GENTLEMEN**	G0ZFA2	2 livres tous les 2 mois 17,35€
❑ **BEST-SELLERS FÉMININS**	E0ZFA2	2 livres tous les 2 mois 18,75€
❑ **ALIÉNOR**	A0ZFA2	2 livres tous les 2 mois 17,35€
❑ **HORS-SÉRIE**	C0ZFA2	2 livres tous les 2 mois 17,35€

N° d'abonnée Harlequin (si vous en avez un) ____________

Mme ❑ Mlle ❑ Nom : ____________

Prénom : ____________ Adresse : ____________

____

Code Postal : ______ Ville : ____________

Pays : ____________ Tél. : ____________

E-mail : ____________

Date de naissance : ____________

❑ Oui, je souhaite recevoir par e-mail les offres promotionnelles des éditions Harlequin.

❑ Oui, je souhaite recevoir par e-mail les offres promotionnelles des partenaires des éditions Harlequin.

Date limite : 31 décembre 2020. Vous recevrez votre colis environ 20 jours après réception de ce bon. Offre soumise à acceptation et réservée aux personnes majeures, résidant en France métropolitaine, dans la limite des stocks disponibles. Prix susceptibles de modification en cours d'année. Vous pouvez demander à accéder à vos données personnelles, à les rectifier ou à les effacer. Il vous suffit de nous écrire en nous indiquant vos nom, prénom et adresse à : Service Lectrices Harlequin CS 20008 59718 LILLE Cedex 9. Service Lectrices disponible du lundi au vendredi de 8h à 18h : 01 45 82 47 47.